C. S. Lewis

Der Ritt nach Narnia

C. S. LEWIS

DER RITT NACH NARNIA

Brendow
Buch · Kunst · Verlag

Aus dem Englischen von Ulla Neckenauer
Illustriert von Thomas Georg

Die Deutsche Bibliothek – CIP-Einheitsaufnahme

Lewis, Clive S.:
Die Ritt nach Narnia: ein phantastisches Abenteuer /
C. S. Lewis. [Aus dem Englischen von Ulla Neckenauer]. – 3. Aufl. – Moers:
Brendow, 1999
(Edition C : C ; 376)
Lizenz des Betz-Verl., Wien, München
ISBN 3-87067-502-0
NE: Edition C / C

3. Auflage 1999
ISBN 3-87067-502-0
Edition C, Reihe C 376

Lizenzausgabe mit freundlicher Genehmigung des Annette Betz
Verlages, Wien–München
Originalausgabe: The horse and his boy, erschienen im Verlag
Wm. Collins Sons & Co. Ltd., London

Einbandgestaltung: Kortüm + Georg, Agentur für
Kommunikation, Münster
Grafik: Thomas Georg
Satz und Reproduktion: Greiner & Reichel, Köln
Druck und Bindung: Clausen & Bosse, Leck
Printed in Germany

INHALT

SHASTA MACHT SICH AUF DEN WEG

Dies ist eine Geschichte eines Abenteuers, das sich in Narnia und Kalormen und in den Ländern dazwischen zutrug, und zwar im Goldenen Zeitalter, als Peter Höchster König von Narnia war und sein Bruder und seine beiden Schwestern als König und Königinnen unter ihm regierten.

Ganz im Süden von Kalormen an einer kleinen Meeresbucht lebte in jenen Tagen ein armer Fischer namens Arashin. Bei ihm wohnte ein Junge, der ihn Vater nannte. Der Junge hieß Shasta. Fast jeden Morgen fuhr Arashin in seinem Boot hinaus und fischte. Am Nachmittag spannte er dann seinen Esel vor einen Karren, belud ihn mit Fisch und marschierte etwa eine Meile nach Süden ins Dorf, um dort den Fisch zu verkaufen. Hatte er gut verkauft, kam er immer recht gut gelaunt nach Hause und ließ Shasta in Ruhe. Hatte er aber schlecht verkauft, dann schimpfte er mit Shasta und schlug ihn vielleicht auch. Grund zum Schimpfen fand er immer, denn Shasta hatte viel zu tun. Er mußte die Netze flicken und waschen, Abendessen kochen und die Hütte putzen, in der die beiden wohnten.

Die Gegend im Süden der Hütte interessierte Shasta überhaupt nicht, denn er war mit Arashin ein- oder zweimal im Dorf gewesen und wußte, daß es dort nichts Besonderes zu sehen gab. Im Dorf traf man nur andere Männer, die genauso waren wie sein Vater – Männer mit langen, schmutzigen Gewändern und hölzernen, an der großen Zehe nach oben gebogenen Schuhen, bärtig und mit einem Turban auf dem Kopf. Sie unterhielten sich mit schleppender Stimme über Sachen, die Shasta schrecklich langweilig fand. Hingegen interessierte Shasta alles, was im Norden lag, sehr. Dort ging nämlich nie einer hin. Auch er selbst durfte es nicht. Wenn er ganz allein draußen saß und die Netze flickte, schaute er oft sehnsüchtig nach Norden. Doch außer einem grasbewachsenen Hügel mit einem gradlinig verlaufenden Kamm, dem dahinterliegenden Himmel und vielleicht ein paar umherfliegenden Vögeln war nichts zu sehen.

Manchmal, wenn Arashin zugegen war, fragte Shasta: „Mein Vater, was liegt hinter jenem Hügel?" War der Fischer schlecht gelaunt, knuffte er Shasta hinter die Ohren und befahl ihm, sich um seine Arbeit zu kümmern. War er dagegen friedlich gestimmt, dann sagte er: „Mein Sohn, gestatte es deinem Geist nicht, sich von unnützen Fragen ablenken zu lassen. Denn einer der Poeten hat gesagt: ‚Vollendete Konzentration auf die Arbeit ist die Wurzel des Reichtums, aber jene, die müßige Fragen stellen, steuern das Schiff der Torheit auf den Felsen der Armut zu.'"

Für Shasta lag hinter dem Hügel ein köstliches Geheimnis, das sein Vater vor ihm verbarg. Doch in Wirklichkeit redete der Fischer so, weil er nicht wußte, was im Norden lag. Es interessierte ihn auch nicht. Er war ein sehr praktisch veranlagter Mann.

Eines Tages kam aus dem Süden ein Fremder, und dieser Fremde schaute ganz anders aus als alle Männer, die Shasta jemals zuvor gesehen hatte. Er ritt auf einem kräftigen Schecken mit fliegender Mähne und fliegendem Schweif, und Steigbügel und Zaumzeug waren mit Silber beschlagen. Der Fremde war mit einem Kettenhemd bekleidet, und mitten aus seinem seidenen Turban ragte die Spitze eines Helms hervor. An seiner Seite hing ein Krummsäbel, auf dem Rükken trug er einen runden, mit Messingnieten beschlagenen Schild, und in seiner Rechten hielt er eine Lanze. Er war dunkelhäutig. Doch das überraschte Shasta nicht, denn das ist bei allen Leuten in Kalormen der Fall. Was ihn aber überraschte, war der rote, gelockte und mit duftenden Ölen gesalbte Bart des Mannes. Arashin sah an dem goldenen Ring, den der Fremde an seinem bloßen Arm trug, daß er ein Tarkaan – also ein mächtiger Herr – sein mußte. Arashin warf sich auf die Knie und verbeugte sich, daß sein Bart die Erde berührte. Dabei bedeutete er Shasta, es ihm gleichzutun.

Der Fremde verlangte Unterkunft für die Nacht, was ihm der Fischer nicht abzuschlagen wagte. Obwohl sie dem Fremden das Beste dessen, was sie hatten, zum Abendessen vorsetzten, hielt dieser nicht viel davon. Wie immer, wenn der Fischer Besuch hatte, bekam Shasta ein Stück Brot und wurde aus der Hütte gejagt. Er schlief dann gewöhnlich bei dem Esel in dem kleinen strohgedeckten Stall. Aber zum Schlafen war es noch viel zu früh, und so setzte sich Shasta vor der hölzernen Hüttenwand nieder und legte sein Ohr an eine Ritze. Er wollte hören, worüber die Erwachsenen sprachen.

„Nun denn, mein Gastgeber", sagte der Tarkaan, „mir steht der Sinn danach, deinen Jungen zu kaufen."

„Mein Herr", antwortete der Fischer (und Shasta vermeinte, an der schmeichlerischen Stimme ablesen zu konnen, welche Gier jetzt in Arashins Augen lag), „auch der höchste Preis könnte Euren Diener – so arm er auch sein mag – nicht dazu bringen, sein einziges Kind, sein eigen Fleisch und Blut, als Sklaven zu verkaufen. Hat nicht einer der Poeten gesagt: ‚Natürliche Zuneigung ist stärker als Suppe, und Nachkommen sind wertvoller als Edelsteine'?"

„So ist es“, entgegnete der Gast ungerührt. „Aber ein anderer Poet hat gesagt: ‚Jener, der versucht, den Ehrwürdigen zu täuschen, ist im Begriff, seinen Rücken für die Peitsche zu entblößen.‘ Belade deine alten Lippen nicht mit Lügen. Dieser Junge ist nicht dein Sohn, denn deine Wangen sind so dunkel wie die meinen. Der Junge hingegen ist blond und hellhäutig, wie die verwünschten, aber schöngesichtigen Barbaren, die weit im Norden leben.“

„Wie zutreffend ist doch das Poetenwort“, antwortete der Fischer, „daß das Auge der Weisheit jeden Widerstand überwindet. Wisset denn, o mein hoher Gast, daß ich aufgrund meiner großen Armut nie geheiratet habe und kein Kind mein eigen nennen darf. Aber im selben Jahr, in dem der Tisroc – möge er ewig leben – seine erhabene und gütige Herrschaft antrat, in einer Nacht des vollen Mondes, gefiel es den Göttern, mir den Schlaf zu rauben. So erhob ich mich von meinem Lager in dieser elenden Hütte und begab mich zum Strand, um das Wasser und den Mond zu betrachten und die frische Luft zu atmen. Da hörte ich plötzlich ein Geräusch, als näherte sich ein Boot über das Wasser her. Ein gedämpfter Schrei erklang. Kurz darauf brachte die Flut ein kleines Boot an Land, in dem sich ein von Hunger und Durst ausgemergelter Mann befand, der gerade erst verschieden sein mußte, denn er war noch warm. Des weiteren enthielt es eine leere Wasserhaut und ein Kind, das noch atmete. Ohne Zweifel, sagte ich mir, sind diese Unglücklichen dem Untergang eines großen Schiffes entronnen, doch durch die wunderbare Fügung der Götter hat der Mann gehungert, um das Kind am Leben zu erhalten. In Sichtweite des Landes hat er dann den Tod gefunden. Da ich wußte, daß die Götter es nie versäumen, jene zu belohnen, die sich um die Elenden mühen, und von Mitleid ergriffen, denn Euer Diener ist ein weichherziger Mann …“

„All diese unnützen Worte zu deinem Lob kannst du dir sparen“, unterbrach ihn der Tarkaan. „Es genügt mir zu wissen, daß du den Jungen zu dir genommen hast – und daß er dir, wie jeder sehen kann, sein täglich Brot durch seine Arbeit zehnmal vergilt. Nun sag mir, welchen Preis du für ihn haben willst, denn ich bin deiner Geschwätzigkeit müde.“

„Wie Ihr selbst in Eurer Weisheit gesagt habt“, entgegnete Arashin, „ist die Arbeit des Jungen von unschätzbarem Wert für mich. Das muß bei der Festlegung des Preises berücksichtigt werden. Denn wenn ich den Jungen verkaufe, muß ich zweifellos einen anderen kaufen oder in meine Dienste nehmen, damit er die Arbeit des Jungen verrichtet.“

„Ich gebe dir fünfzehn Kreszent“, sagte der Tarkaan.

„Fünfzehn!“ winselte Arashin. „Fünfzehn! Für den Segen meines Alters? Für meine Augenweide? Habt Respekt vor meinem grauen Bart, auch wenn Ihr ein Tarkaan seid! Mein Preis ist siebzig.“

An diesem Punkt stand Shasta auf und schlich sich auf Zehenspitzen fort. Er hatte genug gehört, denn er hatte oft gelauscht, wenn die Männer im Dorf feilschten. Er wußte, wie das ablief. Er war ziemlich sicher, daß ihn Arashin schließlich für einiges mehr als fünfzehn und einiges weniger als siebzig Kreszent verkaufen würde. Aber sicher dauerte es stundenlang, bis er sich mit dem Tarkaan geeinigt hatte.

Shasta ging auf die Wiese vor der Hütte. Er wollte allein sein, um Klarheit in seinen Kopf zu bekommen. Zum einen war sein jetziges Leben kaum besser als das eines Sklaven. Vielleicht behandelte ihn der mächtige Fremde besser als Arashin. Zum zweiten war er ganz aufgeregt über diese Geschichte, daß ihn Arashin in einem Boot gefunden hatte. Gleichzeitig verspürte er Erleichterung. Er hatte sich immer wieder vergeblich bemüht, den Fischer zu lieben. Er wußte, daß ein Junge seinen Vater eigentlich lieben mußte. Und nun stellte sich heraus, daß er mit dem Fischer gar nicht verwandt war. Damit war eine große Last von seiner Seele genommen. Potzblitz! Ich könnte ja alles mögliche sein! dachte er. Vielleicht bin ich der Sohn eines Tarkaan – oder der Sohn des Tisroc (möge er ewig leben) – oder der eines Gottes!

Rasch senkte sich die Dämmerung herab. Ein oder zwei Sterne standen schon am Himmel, aber im Westen lag noch der letzte Widerschein des Sonnenuntergangs. Ganz in der Nähe graste das lose an einen Eisenring am Eselstall angebundene Pferd des Fremden. Shasta schlenderte hinüber und tätschelte es am Hals. Das Pferd achtete nicht auf Shasta und fuhr fort, Gras zu rupfen.

Eben kam Shasta noch ein Gedanke. „Wenn ich nur wüßte, was für ein Mann dieser Tarkaan ist“, sagte er laut. „Wie schön wäre es doch, wenn er ein guter Mann wäre. Manche Sklaven im Haus eines mächtigen Herrn haben so gut wie gar nichts zu tun. Sie tragen wunderschöne Kleider und essen jeden Tag Fleisch. Vielleicht nimmt er mich in den Krieg mit, und ich rette ihm in einer Schlacht das Leben. Und dann läßt er mich frei, nimmt mich an Sohnes Statt an und schenkt mir einen Palast, einen Streitwagen und eine Rüstung. Aber geradeso gut könnte er auch ein schrecklicher und grausamer Mann sein. Vielleicht schickt er mich in Ketten auf die Felder zur Arbeit. Wenn ich nur wüßte, wie er ist. Aber woher soll ich das erfahren? Ich wette, sein Pferd weiß es.“

Das Pferd hatte den Kopf gehoben. Shasta streichelte seine samtweiche Nase und sagte: „Wenn du nur reden könntest, Alterchen.“

Und dann dachte er einen Augenblick lang, er müsse träumen, denn mit leiser, aber ganz klarer Stimme sagte das Pferd: „Aber das kann ich.“

Shasta starrte in die riesigen Pferdeaugen. Seine eigenen Augen wurden vor Staunen fast genauso groß.

„Aber wo um alles in der Welt hast du bloß sprechen gelernt?“ fragte er.

„Pst! Nicht so laut!“ entgegnete das Pferd. „Dort, wo ich herkomme, können fast alle Tiere sprechen.“

„Wo ist das?“ wollte Shasta wissen.

„In Narnia“, antwortete das Pferd. „Im glücklichen Land Narnia – dem Land der Heidekrauthöhen und der Thymianebenen, dem Land der vielen Flüsse, der rauschenden Schluchten, der bemoosten Höhlen und der tiefen Wälder, in denen die Hämmer der Zwerge hallen. O süße Luft Narnias! Eine Stunde in Narnia wiegt tausend Jahre in Kalormen auf.“ Das Pferd brach mit einem Wiehern ab, das sich wie ein Seufzer anhörte.

„Wie bist du denn hierher nach Kalormen gekommen?“ fragte Shasta.

„Ich wurde entführt“, erklärte das Pferd. „Oder gestohlen oder gefangengenommen – wie man es auch immer nennen mag. Ich war damals noch ein Fohlen. Meine Mutter hatte mich davor gewarnt, über die südlichen Hänge nach Archenland hinein und noch weiter zu streifen, aber ich wollte nicht hören. Bei der Mähne des Löwen – ich habe für meine Torheit bezahlt! All diese Jahre war ich ein Sklave der Menschen, mußte mein wahres Gesicht verbergen und so tun, als wäre ich stumm und geistlos wie die Pferde in Kalormen.“

„Warum hast du ihnen denn nicht gesagt, wer du bist?“

„So dumm bin ich nun auch wieder nicht. Wenn sie herausgefunden hätten, daß ich sprechen kann, hätten sie mich auf Jahrmärkten vorgeführt und mich noch viel besser bewacht. Damit wäre meine letzte Möglichkeit dahin gewesen, eines Tages zu fliehen.“

„Und warum …“, begann Shasta, aber das Pferd unterbrach ihn.

„Wir dürfen die Zeit nicht mit unnützen Fragen verschwenden. Du willst wissen, was für ein Mensch mein Herr, der Tarkaan Anradin, ist. Nun – er ist böse. Mich behandelt er nicht allzu schlecht, weil ein Streitroß zu teuer ist, als daß man es mißhandelt. Aber an deiner Stelle würde ich lieber noch heute sterben, als morgen ein Sklave in seinem Haus zu sein.“

„Dann laufe ich lieber weg“, sagte Shasta, der bleich geworden war.

„Ja, das wäre am besten“, sagte das Pferd. „Aber warum läufst du nicht mit mir zusammen weg?“

„Willst du denn auch wegrennen?“ fragte Shasta.

„Ja, wenn du mit mir kommst“, antwortete das Pferd. „Das ist eine gute Gelegenheit für uns beide. Wenn ich nämlich ohne Reiter weglaufe, dann sagt jeder, der mich sieht: ‚Aha, ein entlaufenes Pferd‘ und macht sich daran, mich zu verfolgen, so schnell er nur kann. Mit einem Reiter könnte ich es vielleicht schaffen. Da wärst du *mir* also eine Hilfe. Andererseits kommst du auf deinen beiden Beinen auch nicht allzuweit, bevor sie dich einholen. Was für armselige Beine die Menschen doch haben! Wenn du aber auf mir sitzt, dann bist du schneller als jedes Pferd in diesem Land. Und da könnte ich *dir* helfen. Da fällt mir ein – ich nehme doch an, du kannst reiten?“

„O ja, natürlich“, entgegnete Shasta. „Zumindest habe ich schon auf dem Esel geritten.“

„*Worauf* hast du geritten?“ gab das Pferd angewidert zurück. Das war es zumindest, was das Pferd hatte sagen wollen. In Wirklichkeit klang es eher wie ein Wiehern: „… gerihi-hi-hi-hi.“ Sprechende Pferde fallen immer ein wenig in die normale Pferdesprache zurück, wenn sie ärgerlich sind.

„In anderen Worten“, fuhr es fort, „du kannst also nicht reiten. Das ist ein großer Nachteil. Ich muß es dir unterwegs beibringen. Kannst du wenigstens fallen, wenn du schon nicht reiten kannst?“

„Das kann doch wohl jeder, nehme ich an“, sagte Shasta.

„Ich meine – kannst du herunterfallen und dann ohne eine Träne zu vergießen wieder aufsitzen? Nur um dann gleich wieder herunterzufallen? Und all das, ohne Angst vor dem Herunterfallen zu bekommen?“

„Ich – ich will es versuchen“, sagte Shasta.

„Armes kleines Vieh“, sagte das Pferd etwas freundlicher. „Ich habe vergessen, daß du ja noch ein Fohlen bist. Wir werden mit der Zeit schon noch einen guten Reiter aus dir machen. So – wir dürfen erst aufbrechen, wenn die beiden in der Hütte eingeschlafen sind. In der Zwischenzeit können wir Pläne schmieden. Mein Tarkaan ist auf dem Weg nach Norden in die große Stadt Tashbaan, zum Hof des Tisroc …“

„Oje“, warf Shasta erschrocken ein. „Müßtest du nicht sagen ‚Möge er ewig leben‘?“

„Warum denn?“ wollte das Pferd wissen. „Ich bin ein freier Narniane. Warum soll ich reden wie die Sklaven und die Narren? Ich will nicht, daß er ewig lebt, und ich weiß auch, daß er nicht ewig leben wird, ob ich das nun will oder nicht. Außerdem sehe ich, daß auch du aus dem freien Norden stammst. Also sollten wir beide dieses südliche Geschwätz seinlassen! Und nun zu unserem Plan. Wie ich schon sagte, ist mein Mensch auf dem Weg nach Tashbaan im Norden.“

„Bedeutet das, wir sollten besser nach Süden reiten?“

„Ich glaube nicht“, entgegnete das Pferd. „Weißt du, er meint ja, ich sei stumm und ohne Verstand, wie seine anderen Pferde. Wenn ich das wirklich wäre, dann liefe ich nach

Hause zu meinem Stall und zu meinem Futtertrog, zurück zu seinem Palast, der zwei Tagemärsche weit von hier im Süden liegt. Dort wird er mich suchen. Er ließe es sich nie träumen, ich könnte mich allein nach Norden aufmachen. Sowieso wird er vermutlich denken, irgend jemand, der uns durch das letzte Dorf reiten sah, sei uns hierher gefolgt, um mich zu stehlen."

„Hurra!" rief Shasta. „Dann gehen wir nach Norden. Dort wollte ich immer schon hin."

„Natürlich!" sagte das Pferd. „Das liegt an dem Blut, das in deinen Adern fließt. Ich bin sicher, du bist von nordischem Geblüt. Aber nicht zu laut! Ich hoffe, sie schlafen bald ein."

„Ich schleiche mich hinein und sehe nach", schlug Shasta vor.

„Gute Idee", sagte das Pferd. „Aber paß auf, daß du nicht erwischt wirst."

Es war inzwischen fast dunkel geworden. Abgesehen von dem Rauschen der Wellen am Strand war alles still. Doch die Wellen hörte Shasta kaum noch, denn diesen Klang hatte er Tag und Nacht in den Ohren gehabt, solange er zurückdenken konnte. Die Hütte war jetzt stockdunkel. Vor der Hütte war auch nicht der kleinste Laut zu hören. Aber als Shasta um die Hütte herumging zum anderen Fenster, da hörte er das vertraute quieksige Schnarchen des alten Fischers. Der Gedanke, daß er dieses Schnarchen vielleicht nie mehr hören würde, kam ihm komisch vor. Shasta verhielt sich mucksmäuschen still. Er war ein klein wenig traurig, aber seine Freude überwog die Trauer. Er hielt den Atem an, schlich auf dem Gras hinüber zum Stall des Esels, tastete sich zu der Stelle vor, wo der Schlüssel versteckt lag, öffnete die Tür und fand schließlich den Sattel und das Zaumzeug des Pferdes, die dort über Nacht eingeschlossen waren.

Er beugte sich vor und gab dem Esel einen Kuß auf die Nase. „Es tut mir leid, daß wir *dich* nicht mitnehmen können", sagte er.

„Da bist du ja endlich wieder", meinte das Pferd, als Shasta zurückkehrte. „Ich habe mich schon langsam gefragt, was dir wohl zugestoßen sein könnte."

„Ich habe deine Sachen aus dem Stall geholt", erklärte Shasta. „Kannst du mir jetzt sagen, wie man sie anlegt?"

Sehr vorsichtig, damit es nicht klirrte, machte sich Shasta an die Arbeit, während das Pferd solche Dinge sagte wie: „Schnall den Riemen etwas fester" oder „Weiter unten findest du eine Schnalle" oder „Diese Steigbügel mußt du noch ein gutes Stück kürzer binden". Als alles fertig war, sagte es: „So. Aber die Zügel sind nur zum Schein da, benutzen darfst du sie nicht. Binde sie am Sattelbaum fest: ganz lokker, damit ich mit meinem Kopf tun kann, was ich will. Und denk dran – du darfst sie nicht berühren!"

„Wofür sind sie dann gut?" wollte Shasta wissen.

„Gewöhnlich werden die Zügel benutzt, um mich damit zu lenken", entgegnete das Pferd. „Aber da ich vorhabe, auf dieser Reise das Lenken selbst zu besorgen, behältst du deine Hände besser bei dir. Und dann noch etwas. Es geht nicht an, daß du dich an meiner Mähne festklammerst."

„Aber woran soll ich mich denn festhalten, wenn ich weder die Zügel noch deine Mähne anfassen darf?" fragte Shasta.

„Du hältst dich mit den Knien fest", erklärte das Pferd. „Das ist das Geheimnis eines guten Reiters. Du kannst dich mit deinen Knien an meinen Körper klammern, sosehr du willst. Setz dich aufrecht, so kerzengerade wie ein Stock, die Ellbogen eng an den Körper gepreßt. Übrigens – was hast du mit den Sporen gemacht?"

„Ich habe sie an meinen Fersen befestigt", sagte Shasta.

„Dann kannst du sie gleich wieder abnehmen und in die Satteltaschen stecken. Vielleicht können wir sie in Tashbaan verkaufen. Fertig? Ich hoffe doch, du kommst hinauf, wie?"

„Oh! Du bist so schrecklich hoch!" keuchte Shasta nach seinem ersten erfolglosen Versuch.

„Ich bin ein Pferd, das ist alles", war die Antwort. „Man könnte meinen, ich sei ein Heuhaufen, so, wie du dich beim Hochklettern anstellst! Na also, das war schon besser. Jetzt setz dich aufrecht und denk dran, was ich dir über deine Knie gesagt habe. Es ist schon komisch, wenn man sich überlegt, daß auf mir, der ich Kavallerieattacken angeführt und Rennen gewonnen habe, ein solcher Kartoffelsack sitzt wie du. Aber egal – los geht's!" Das Pferd kicherte, aber nicht unfreundlich.

Dann begann es vorsichtig den nächtlichen Ritt. Zuerst ging es von der Hütte des Fischers aus nach Süden zu dem kleinen Fluß, der dort ins Meer mündete. Das Pferd achtete sorgsam darauf, im Schlamm ein paar deutliche Hufabdrücke zu hinterlassen, die nach Süden zeigten. Aber sobald sie in der Mitte der Furt angekommen waren, wandte es sich flußaufwärts und platschte durch das Wasser ans nördliche Ufer. Dort suchte es sich eine schöne kiesige Stelle aus, auf der sich die Hufe nicht abdrückten, und kletterte heraus. Es trottete in Richtung Norden, bis die Hütte, der einzelne Baum, der Eselsstall und die kleine Bucht – ja alles, was Shasta jemals gekannt hatte – von der grauen Dunkelheit dieser Sommernacht verschluckt worden waren. Es stapfte aufwärts, und bald standen sie auf der Kuppe des Hügels, der für Shasta immer die Grenze seiner Welt gewesen war. Trotz der Dunkelheit konnte er erkennen, daß offenes, grasbewachsenes Land vor ihnen lag – endlos, wild, einsam und frei.

„Oho!" bemerkte das Pferd. „Eine schöne Gegend für einen Galopp, was?"

„Oh, bloß nicht!“ protestierte Shasta. „Noch nicht! Ich weiß nicht, wie man … Bitte, Pferd. Ich weiß nicht, wie du heißt.“

„Breehy-hinny-brinny-hoohy-hah“, sagte das Pferd.

„Das werd’ ich niemals lernen“, seufzte Shasta. „Kann ich dich Bree nennen?“

„Na ja, wenn das alles ist, was du fertigbringst. Mir soll’s recht sein“, sagte das Pferd. „Und wie soll ich dich nennen?“

„Ich heiße Shasta.“

„Hm“, entgegnete Bree. „Also das ist ein Name, der *wirklich* schwer auszusprechen ist. Aber jetzt zum Galopp. Er ist viel einfacher als der Trott, wenn du ihn erst einmal beherrschst, denn dabei brauchst du nicht auf und ab zu federn. Klammre dich mit den Knien fest, und schau immer geradeaus zwischen meinen Ohren hindurch. Sieh nicht nach unten. Wenn du das Gefühl hast, du müßtest gleich fallen, dann preßt du die Knie noch fester zusammen und setzt dich aufrechter. Bist du bereit? So – auf geht’s nach Narnia und in den Norden!“

EIN ABENTEUER AM WEGESRAND

Der Mittag nahte schon, als Shasta am nächsten Tag aufwachte, weil etwas Warmes und Weiches über sein Gesicht strich. Er öffnete die Augen und starrte geradewegs in das lange Gesicht eines Pferdes, dessen Nase und Lippen fast die seinen berührten. Die aufregenden Ereignisse der vergangenen Nacht fielen ihm ein, und er setzte sich auf. Dabei entfuhr ihm ein Stöhnen.

„Oje, Bree“, jammerte er. „Mir tut alles weh. Jeder einzelne Knochen. Ich kann mich kaum rühren.“

„Guten Morgen, Kleiner“, sagte Bree. „Ich habe schon befürchtet, daß deine Knochen ein bißchen steif sein werden. Aber vom Fallen kann das nicht kommen. Du bist nur ein dutzendmal oder so gestürzt, und jedesmal auf schönes, weiches, federndes Gras. Da müßte das Fallen ja eigentlich fast Spaß machen. Und das eine Mal, wo es hätte unangenehm werden können, wurde dein Sturz durch den Ginsterbusch gebremst. Nein, es ist das Reiten selbst, was am Anfang so anstrengend ist. Was ist mit dem Frühstück? Ich habe schon gegessen.“

„Ach zum Teufel mit dem Frühstück. Zum Teufel mit allem“, entgegnete Shasta. „Ich sag’ dir doch, ich kann mich nicht rühren!“ Aber das Pferd stupste ihn so lange mit der Nase und mit einem Huf an, bis Shasta schließlich nichts anderes übrigblieb, als aufzustehen. Jetzt schaute er sich um.

Hinter ihnen lag ein Wäldchen. Vor ihnen senkte sich das mit weißen Blumen gesprenkelte Gras zur Spitze eines Kliffs hinab. So weit unter ihnen, daß man das Geräusch der sich brechenden Wellen kaum mehr hörte, lag das Meer. Shasta hatte noch nie von so hoch oben auf das Meer hinuntergeschaut und hätte sich nie träumen lassen, es könne soviel verschiedene Farben haben. Nach beiden Seiten erstreckte sich meilenweit die Küste mit unzähligen Landzungen, an deren Spitze man den weißen Schaum sah, der in der Ferne lautlos die Felsen umspülte. Hoch in der Luft flogen Möwen, und über der Erde flimmerte die Hitze. Es war ein strahlend heller Sonnentag. Aber was Shasta vor allem auffiel, war die Luft. Irgend etwas schien zu fehlen, doch Shasta merkte nicht gleich, was es war. Schließlich wurde ihm klar, daß es der Geruch nach Fisch sein mußte. Diesen Geruch hatte er sein ganzes Leben lang in der Nase gehabt, sowohl in der Hütte als auch draußen bei den Netzen. Die Luft hier roch dagegen ganz himmlisch, und sein früheres Leben schien so weit, daß er einen Augenblick lang seine blauen Flecken und seine schmerzenden Muskeln vergaß.

„Bree, hast du nicht etwas vom Frühstücken gesagt?“ fragte er.

„Doch, das hab’ ich“, antwortete Bree. „Ich glaube, in den Satteltaschen müßte etwas sein. Sie sind da drüben am Baum, wo du sie heute nacht aufgehängt hast.“

Also untersuchten sie die Satteltaschen. Das Ergebnis war ermutigend – da gab es eine Fleischpastete, nicht mehr ganz frisch zwar, aber noch genießbar, einen Ring getrockneter Feigen, ein Stück grünen Käse und eine kleine Flasche Wein. Dazu noch Geld: alles in allem etwa vierzig Kreszent, mehr, als Shasta jemals gesehen hatte.

Während sich Shasta unter Schmerzen und sehr vorsichtig, den Rücken an einen Baum gelehnt, niedersetzte und sich an die Fleischpastete machte, verspeiste Bree noch ein paar Maulvoll Gras, um ihm Gesellschaft zu leisten.

„Ist es nicht Diebstahl, wenn wir das Geld verwenden?“ erkundigte sich Shasta.

„Oh“, meinte das Pferd und schaute mit einem Maul voller Gras auf.

„Daran habe ich noch gar nicht gedacht. Ein freies, sprechendes Pferd darf natürlich nicht stehlen. Aber ich glaube, daß in diesem Fall nichts dagegen einzuwenden ist. Wir sind Gefangene im Land des Feindes. Dieses Geld ist Kriegsbeute. Außerdem – wie sollten wir sonst Nahrung für dich besorgen? Genau wie die anderen Menschen wirst wohl auch du keine natürlichen Dinge wie Gras oder Hafer essen.“

„Nein, das kann ich nicht.“

„Hast du es jemals versucht?“

„Ja, das hab’ ich. Ich bekomme es einfach nicht hinunter. Wenn du an meiner Stelle wärst, ginge es dir genauso.“

„Ihr seid schon seltsame Geschöpfe, ihr Menschen“, bemerkte Bree.

Als Shasta mit seinem Frühstück fertig war – es war das beste Frühstück, das er jemals zu sich genommen hatte –, sagte Bree: „Ich glaube, ich werde mich noch ein bißchen am Boden wälzen, bevor du mir den Sattel wieder anlegst.“ Gesagt, getan. „Das tut gut! Das tut sehr gut!“ rief das Pferd, rieb sich den Rücken am Gras und fuchtelte mit allen vieren in der Luft herum. „Das solltest du auch tun, Shasta“, schnaubte es. „Das ist sehr erfrischend.“

Aber Shasta brach in Gelächter aus und sagte: „Wie komisch du aussiehst, wenn du auf dem Rücken liegst!“

„Ich sehe überhaupt nicht komisch aus!“ protestierte Bree. Doch dann wälzte er sich plötzlich auf die Seite, hob den Kopf, schnaubte ein wenig und sah Shasta durchdringend an. „Sieht es wirklich komisch aus?“ fragte er besorgt.

„Ja", entgegnete Shasta. „Aber was macht das schon?"

„Du glaubst doch wohl nicht, daß sprechende Pferde das überhaupt nicht tun?" erkundigte sich Bree. „Meinst du, es ist vielleicht nur eine alberne und lächerliche Sache, die ich von den gewöhnlichen Pferden übernommen habe? Es wäre schrecklich, wenn ich bei meiner Rückkehr nach Narnia feststellen müßte, daß ich mir eine Menge schlechter Angewohnheiten zugelegt habe. Was meinst du dazu, Shasta? Sag es mir ganz ehrlich! Glaubst du, die freien Pferde – die sprechenden Pferde – wälzen sich auch?"

„Woher soll *ich* das denn wissen? Aber ich an deiner Stelle würde mir keine Sorgen machen. Erst einmal müssen wir in Narnia ankommen. Kennst du den Weg?"

„Bis Tashbaan kenne ich ihn. Dahinter kommt dann die Wüste. Aber keine Sorge, die werden wir schon hinter uns bringen. Von dort aus können wir die Berge im Norden sehen. Stell dir das bloß einmal vor! Dahinter liegt Narnia und der Norden! Dann kann uns nichts mehr aufhalten. Aber ich werde froh sein, wenn Tashbaan hinter uns liegt. Außerhalb der Stadt sind wir sicherer."

„Können wir Tashbaan nicht umgehen?"

„Dazu müßten wir weit landeinwärts reiten, und das bringt nur neue Gefahren, auch kenne ich dort den Weg nicht so gut. Nein, wir müssen an der Küste entlang. Hier auf den grasbewachsenen Hügeln treffen wir nur Schafe und Kaninchen und Möwen und ein paar Schäfer. Ach, übrigens – wir sollten uns auf den Weg machen."

Shastas Beine schmerzten, während er Bree sattelte und dann aufstieg, aber das Pferd zeigte Mitgefühl und schlug eine gemächliche Gangart an. Als der Abend anbrach, gingen sie auf einem steilen Pfad ins Tal hinunter und gelangten zu einem Dorf. Shasta stieg ab und lief zu Fuß ins Dorf, um einen Laib Brot und ein paar Zwiebeln und Rettiche zu kaufen. Das

Pferd trottete in der Abenddämmerung ums Dorf herum durch die Felder und stieß am anderen Ende wieder auf Shasta. So machten sie es von nun an jeden zweiten Abend.

Es war eine großartige Zeit für Shasta, und jeder Tag war schöner als der vorherige. Shastas Muskeln wurden kräftiger, und er stürzte auch nicht mehr so oft. Als der Reitunterricht zu Ende war, behauptete Bree allerdings noch immer, Shasta säße im Sattel wie ein Mehlsack. Trotzdem war Bree ein geduldiger Lehrer. Shasta lernte traben, galoppieren und springen. Er lernte sogar, nicht herunterzufallen, wenn Bree plötzlich stehenblieb oder ganz unerwartet nach links oder nach rechts schwenkte.

Nachdem sie Woche um Woche an zahllosen Buchten und Landzungen, Flüssen und Dörfern vorübergeritten waren – mehr, als Shasta sich merken konnte –, kam schließlich eine mondhelle Nacht, in der sie sich gegen Abend auf den Weg machten, nachdem sie tagsüber geschlafen hatten. Die Grashügel lagen hinter ihnen, und sie überquerten gerade eine weite Ebene. Vor ihnen, eine halbe Meile im Westen, war ein Wald zu sehen. Versteckt hinter niedrigen Sanddünen, lag in der gleichen Entfernung zu ihrer Rechten das Meer. Sie waren ungefähr eine Stunde geritten, zuweilen im Trab und zuweilen im Schritt, als Bree plötzlich anhielt.

„Was ist los?" fragte Shasta.

„Psssst!" flüsterte Bree, drehte den Hals und zuckte mit den Ohren. „Hast du etwas gehört? Horch mal!"

„Hört sich an wie ein anderes Pferd – zwischen uns und dem Wald", meinte Shasta, nachdem er etwa eine Minute lang gelauscht hatte.

„Es ist tatsächlich ein anderes Pferd", sagte Bree. „Und das gefällt mir nicht."

„Vielleicht ist es ein Bauer, der zu später Stunde nach Hause reitet?" meinte Shasta und gähnte.

„Erzähl mir bloß nichts!“ widersprach Bree. „Das ist kein Bauer, der da reitet! Und das ist auch kein Ackergaul. Kannst du das nicht hören? Das ist ein edles Roß, auf dem ein richtiger Reiter sitzt. Ich sag' dir, was das ist, Shasta. Dort am Waldrand reitet ein Tarkaan. Nicht auf seinem Streitroß – dafür ist es zu leicht. Auf einer edlen Stute – würde ich sagen.“

„Also jetzt ist es stehengeblieben, was immer es auch sein mag“, sagte Shasta.

„Du hast recht“, stimmte Bree zu. „Warum es wohl gerade jetzt, wo wir angehalten haben, ebenfalls anhält? Shasta, mein Junge, ich glaube wirklich, da ist uns zu guter Letzt einer auf den Fersen.“

„Was sollen wir tun?“ flüsterte Shasta. „Meinst du, der Tarkaan kann uns sehen und hören?“

„Nicht in diesem schwachen Mondlicht. Zumindest nicht, solange wir uns nicht rühren“, antwortete Bree. „Aber sieh nur! Da kommt eine Wolke. Ich warte, bis sie vor den Mond gezogen ist. Dann reiten wir so leise wie möglich nach rechts zum Strand hinunter. Im schlimmsten Fall können wir uns in den Dünen verstecken.“

Sie warteten, bis die Wolke den Mond verdeckte, und machten sich zuerst im Schritt und dann in einem leichten Trab auf den Weg zum Strand.

Die Wolke war größer und dicker, als es zuerst den Anschein gehabt hatte, und schon bald wurde es stockdunkel. Gerade als Shasta sich sagte: Wir müssen gleich in den Dünen sein, sank ihm das Herz in die Hosentasche.

Aus der Dunkelheit vor ihnen drang plötzlich ein schrecklicher Laut: ein langgezogenes Brüllen, schwermütig und gefährlich zugleich. Bree warf sich herum und galoppierte landeinwärts, so schnell er nur konnte.

„Was war das?“ keuchte Shasta.

„Löwen!“ sagte Bree, ohne den Kopf zu wenden.

So galoppierten sie eine Zeitlang mit fliegenden Hufen dahin. Schließlich platschten sie durch einen breiten, seichten Bach, und Bree blieb stehen, als sie das andere Ufer erreicht hatten. Shasta merkte, daß das Pferd zitterte und am ganzen Leib mit Schweiß bedeckt war.

„Vielleicht hat das Vieh im Wasser unsere Spur verloren“, keuchte Bree, als er wieder etwas zu Atem gekommen war. „Jetzt können wir ein Stück im Schritt gehen.“

Unterwegs sagte Bree: „Shasta, ich schäme mich. Ich habe Angst wie ein gewöhnliches, stummes kalormenisches Pferd. Wirklich. Ich weiß, daß es eine Schande ist, aber diese – diese Biester kann ich nicht ertragen. Ich glaube, ich trabe jetzt ein Weilchen.“

Doch kurz darauf fiel er wieder in Galopp. Denn wieder erklang das Brüllen, aber diesmal zu ihrer Linken, vom Wald her.

„Es sind zwei“, stöhnte Bree.

Als sie ein paar Minuten lang galoppiert waren, ohne von den Löwen noch etwas zu hören, sagte Shasta: „Oje! Das andere Pferd galoppiert jetzt neben uns. Nur einen Steinwurf entfernt!“

„Um so b-besser!“ schnaufte Bree. „Der Tarkaan wird ein Schwert haben – er kann uns beschützen.“

„Aber Bree!“ sagte Shasta. „Da können wir uns genausogut von den Löwen auffressen lassen. Oder zumindest gilt das für *mich*. Sie werden mich wegen Pferdediebstahls aufhängen!“

Als Antwort schnaubte Bree nur, aber immerhin schwenkte er ein wenig nach rechts. Komischerweise schien das andere Pferd gleichzeitig nach links zu schwenken, und so hatte sich der Abstand zwischen den beiden in kürzester Zeit beträchtlich vergrößert. Aber im selben Augenblick brüllten kurz hintereinander wieder die beiden Löwen, einer von rechts und einer von links, und so schwenkten die beiden Pferde wieder aufeinander zu. Doch dasselbe schienen auch die zwei Löwen zu tun. Das schreckliche Brüllen zu beiden Seiten klang beängstigend nah, und sie schienen auch mühelos mit den galoppierenden Pferden mitzuhalten. Plötzlich trat der Mond wieder hinter der Wolke hervor. Er warf ein so helles Licht, daß man fast hätte meinen können, es sei hellichter Tag. Die beiden Pferde mit den beiden Reitern galoppierten Hals an Hals und Knie an Knie nebeneinander her, als ritten sie ein Rennen. Und tatsächlich sagte Bree später, ein schöneres Pferderennen hätte man in Kalormen noch nie zu sehen bekommen.

Shasta hatte inzwischen jegliche Hoffnung aufgegeben, ob so oder so mit dem Leben davonzukommen. Gleichzeitig nahm er alles um sich herum überdeutlich wahr, wie man das manchmal gerade in Augenblicken höchster Gefahr tut. Er sah, daß der andere Reiter sehr klein und schmal war, daß er eine Rüstung trug, die im Mondlicht funkelte, und daß er phantastisch reiten konnte. Bart hatte er keinen.

Vor ihnen tauchte plötzlich eine weite schimmernde Fläche auf. Bevor Shasta Zeit fand, sich zu fragen, was das wohl sein mochte, platschte es laut, und Salzwasser schlug ihm in den Mund. Die schimmernde Fläche war eine tief eingeschnittene Meeresbucht. Beide Pferde schwammen, und das Wasser reichte bis an Shastas Knie hinauf. Hinter ihnen erklang wütendes Brüllen. Als Shasta sich umwandte, sah er eine große zottige, schreckliche Gestalt am Ufer kauern. Wir müssen den zweiten Löwen abgeschüttelt haben, dachte er. Dem Löwen war es die Beute offensichtlich nicht wert, sich dafür naß zu machen. Auf jeden Fall traf er keine Anstalten, sich ins Wasser zu stürzen und die Verfolgung wieder aufzunehmen. Die beiden Seite an Seite schwimmenden Pferde waren inzwischen in der Mitte der Bucht angekommen. Das andere Ufer war schon klar zu sehen. Der Tarkaan hatte noch kein einziges Wort gesagt. Aber das wird er gleich tun, dachte Shasta. Sobald wir das andere Ufer erreicht haben. Was soll ich nur sagen? Ich muß mir rasch eine Geschichte ausdenken.

Dann erklangen plötzlich zwei Stimmen neben ihm.

„Oh, ich bin so müde", sagte die eine.

„Halt den Mund, Hwin. Sei kein Narr", sagte die andere.

Ich träume, dachte Shasta. Ich hätte schwören können, das andere Pferd habe gesprochen.

Schon bald hatten die Pferde wieder festen Boden unter den Füßen, und an ihrem Körper floß rauschend das Wasser herab. Unter ihren Hufen knirschte der Kies. Sie hatten die andere Seite der Bucht erreicht. Der Tarkaan machte zu Shastas Überraschung keinerlei Anstalten, Fragen zu stellen. Er schaute Shasta nicht einmal an und mühte sich statt dessen, sein Pferd anzutreiben. Doch Bree schob sich mit der Schulter dem anderen Roß in den Weg.

„Broo-hoo-hah!" schnaubte er. „Nur keine Aufregung. Ich hab' dich gehört. Du brauchst dich nicht zu verstellen, meine Dame. Du bist ein sprechendes Pferd aus Narnia, genau wie ich."

„Was geht denn das dich an, ob das ein sprechendes Pferd ist?" fragte der Fremde aufgebracht und griff nach seinem Schwert. Aber die Stimme hatte Shasta etwas verraten.

„Herrje, es ist nur ein Mädchen!" rief er.

„Was kümmert es dich, ob ich nur ein Mädchen bin?" gab die Fremde unwirsch zurück. „Du bist nur ein Junge: ein ungeschlachter, gewöhnlicher Junge – ein Sklave vermutlich, der das Pferd seines Herrn gestohlen hat."

„Da irrst du dich aber gewaltig", sagte Shasta.

„Er ist kein Dieb, kleine Tarkheena", sagte Bree. „Wenn hier jemand gestohlen hat, dann könnte man genausogut sagen, *ich* hätte *ihn* gestohlen. Und im übrigen wirst du doch wohl nicht von mir erwarten, daß ich in diesem fremden Land an einer Dame meiner eigenen Rasse vorüberlaufe, ohne mit ihr zu reden! Das wäre ganz und gar unnatürlich."

„Das finde ich auch", sagte die Stute.

„Ich wollte, du hättest den Mund gehalten, Hwin", sagte das Mädchen. „Schau nur, in welch unangenehme Lage du uns gebracht hast."

„Nun übertreib doch nicht so", sagte Shasta. „Du kannst jederzeit verschwinden. Wir werden dich nicht aufhalten."

„Das werdet ihr auch nicht!" entgegnete das Mädchen.

„Was für streitsüchtige Geschöpfe die Menschen doch sind", sagte Bree zu der Stute. „Sie sind genauso schlimm wie die Maulesel. Wir sollten versuchen, uns vernünftig zu unterhalten. Ich nehme an, meine Dame, daß deine Geschichte die gleiche ist wie die meine, oder? Du wurdest in frühester Jugend gefangengenommen – und hast jahrelang als Sklavin in Kalormen gelebt, wie?"

„Ganz recht, mein Freund", sagte die Stute mit einem betrübten Wiehern.

„Und jetzt wollt ihr vermutlich fliehen?"

„Sag ihm, er soll sich um seine eigenen Angelegenheiten kümmern!" befahl das Mädchen.

„Nein, das werde ich nicht tun, Aravis", widersprach die Stute und legte die Ohren zurück. „Das ist genausogut meine Flucht wie deine. Und ich bin sicher, daß uns ein so edles Streitroß nicht verraten wird. Wir wollen versuchen, nach Narnia zu fliehen."

„Genau das haben wir auch vor", sagte Bree. „Das habt ihr sicher sofort erraten. Ein kleiner Junge in Lumpen, der mitten in der Nacht auf einem Streitroß reitet – oder zumindest zu reiten versucht –, das kann natürlich nur bedeuten, daß da eine Flucht im Gange ist. Und, mit Verlaub zu sagen, wenn eine Tarkheena von hoher Geburt, mit der Rüstung ihres Bruders bekleidet, nachts allein herumreitet – und auch noch ängstlich darauf bedacht ist, daß man ihr keine Fragen stellt und sich nicht in ihre Angelegenheiten mischt –, also dann muß da etwas faul sein, oder ich will tot umfallen."

„Na gut", bekannte Aravis. „Du hast es erraten. Hwin und ich sind auf der Flucht. Wir wollen versuchen, Narnia zu erreichen. So, und was sagst du jetzt?"

„Nun – was sollte uns in diesem Fall daran hindern, gemeinsam zu reisen?" fragte Bree. „Ich nehme doch an, verehrte Dame Hwin, daß du die Hilfe und den Schutz annehmen wirst, die ich dir gewähren kann?"

„Warum redest du eigentlich dauernd mit meinem Pferd und nicht mit mir?" fragte das Mädchen.

„Verzeih, Tarkheena", sagte Bree und legte fast unmerklich die Ohren zurück. „Aber das ist Kalormenengeschwätz. Wir beide, Hwin und ich, sind freie Narnianen. Und wenn du nach Narnia fliehst, dann steht dir doch wohl ebenso der Sinn danach, ein freier Narniane zu werden. In diesem Fall ist Hwin nicht mehr *dein* Pferd. Man könnte genausogut sagen, du wärst Hwins Mensch."

Das Mädchen öffnete den Mund, um etwas zu sagen, doch dann ließ sie es sein. Offensichtlich hatte sie die Sache bisher nicht aus dieser Sicht betrachtet.

„Trotzdem sehe ich nicht viel Sinn darin, mit euch zusammen zu reisen", sagte das Mädchen etwas später. „So fallen wir doch bestimmt noch mehr auf, oder?"

„Weniger", entgegnete Bree. Und die Stute sagte: „O ja, laßt uns doch zusammen reisen! Wir kennen ja nicht einmal richtig den Weg! Ich bin sicher, unser Freund weiß viel mehr als wir."

„Ach komm doch, Bree, und laß sie ihrer eigenen Wege gehen", sagte Shasta. „Siehst du denn nicht, daß sie uns nicht wollen?"

„Doch, das tun wir", widersprach Hwin.

„Es ist so", sagte das Mädchen zu Bree. „Ich habe nichts dagegen, wenn *du* dabei bist, Bree. Aber was ist mit dem Jungen? Woher soll ich wissen, daß er kein Spion ist?"

„Warum sagst du denn nicht gleich, daß ich dir nicht gut genug bin?" fragte Shasta.

„Sei still, Shasta", befahl Bree. „Die Frage der Tarkheena ist berechtigt. Ich will für den Jungen bürgen, Tarkheena. Er war aufrichtig zu mir und hat sich als guter Freund erwiesen. Und zweifellos ist er entweder ein Narniane oder ein Archenländer."

„Also gut. Wir reisen zusammen." Aber es war offensichtlich, daß sie auf Shastas Begleitung keinen Wert legte.

„Phantastisch!" sagte Bree. „Und jetzt, wo zwischen uns und den Löwen das Wasser liegt, schlage ich vor, daß ihr beiden Menschen uns den Sattel abnehmt. Dann ruhen wir uns alle aus, und jeder von uns erzählt seine Geschichte."

Also nahmen die Kinder den beiden Pferden den Sattel ab, die Pferde fraßen ein wenig Gras, und Aravis zauberte köstliche Dinge aus ihrer Satteltasche. Aber Shasta schmollte und sagte, nein danke, er habe keinen Hunger. Die beiden Pferde vertrugen sich jedoch prächtig. Sie tauschten Erinnerungen an Narnia aus und stellten fest, daß sie um ein paar Ecken herum miteinander verwandt waren. Dadurch spitzte sich für die beiden Kinder die Lage immer mehr zu, bis Bree schließlich sagte: „Nun erzählst du uns deine Geschichte, Tarkheena. Laß dir Zeit damit – es plaudert sich hier sehr gemütlich, finde ich." Und Aravis begann.

VOR DEN TOREN TASHBAANS

„Mein Name", sagte das Mädchen, „ist Aravis Tarkheena. Ich bin die einzige Tochter des Kidrash Tarkaan, Sohn des Rishti Tarkaan, Sohn des Kidrash Tarkaan, Sohn des Ilsombreh Tisroc, Sohn des Ardeeb Tisroc, der in gerader Linie vom Gott Tash abstammt. Mein Vater ist der Herrscher über die Provinz Calavar, und er hat das Recht, in eigener Person vor den Tisroc – möge er ewig leben – zu treten. Meine Mutter – der Friede der Götter sei mit ihr – ist tot, und mein Vater hat sich eine zweite Gemahlin genommen. Einer meiner Brüder ist im Kampf gegen die Rebellen im äußersten Westen gefallen, und der andere ist noch ein Kind. Nun zeigte es sich, daß meine Stiefmutter mich haßte und jeden Tag verfluchte, den ich noch im Haus meines Vaters weilte. Schließlich überredete sie meinen Vater, mich Ahoshta Tarkaan als Gemahlin zu versprechen. Dieser Ahoshta ist von niedriger Geburt, doch in den vergangenen Jahren hat er durch Schmeichelei und gottlose Ratschläge die Gunst des Tisroc – möge er ewig leben – erlangt, und so wurde er ein Tarkaan und Herrscher über viele Städte. Vermutlich wird er zum Großwesir ernannt, sobald der jetzige Großwesir stirbt. Darüber hinaus ist er wenigstens sechzig Jahre alt, hat einen Buckel und ein Gesicht wie ein Affe. Aufgrund des Reichtums und der Macht dieses Ahoshta und bestärkt durch die Überredungskünste seiner Gemahlin, hat mein Vater jedoch Boten geschickt und ihm meine Hand angeboten. Dieses Angebot wurde angenommen, und Ahoshta ließ wissen, er wolle mich noch im Sommer dieses Jahres ehelichen.

Als mir diese Nachricht überbracht wurde, verdunkelte sich die Sonne vor meinen Augen, und ich legte mich auf mein Bett und weinte einen ganzen Tag lang. Doch am zweiten Tag erhob ich mich und wusch mir das Gesicht. Ich ließ meine Stute Hwin satteln und nahm einen scharfen Dolch mit mir, den mein Bruder in den Kriegen im Westen mit sich getragen hatte. Dann ritt ich allein aus. Als meines Vaters Haus nicht mehr zu sehen war und ich eine grüne Lichtung in einem menschenleeren Wald erreicht hatte, stieg ich von meiner Stute Hwin und ergriff den Dolch. Dann öffnete ich mir die Kleider über dem Herzen und betete zu allen Göttern, ich möge mich bei meinem Bruder wiederfinden, sobald mich der Tod ereilt hatte. Danach schloß ich die Augen, preßte die Zähne zusammen und machte mich bereit, mir den Dolch ins Herz zu stoßen. Doch bevor ich dies getan hatte, sprach diese Stute mit der Stimme einer Menschentochter zu mir und sagte: „O meine Herrin, Ihr dürft Euch nicht erdolchen. Wenn Ihr weiterlebt, ereilt Euch vielleicht noch das Glück, doch im Tod sind sich alle gleich."

„Ich habe es nicht halb so schön ausgedrückt", murmelte die Stute.

„Pst, meine Dame, pst!" sagte Bree, dem die Geschichte ganz fabelhaft gefiel. „Sie erzählt auf die großartige kalormenische Art und Weise, und kein Geschichtenerzähler am Hof des Tisroc könnte es besser. Bitte fahr fort, Tarkheena."

„Als ich hörte, daß die Stute mit Menschenzunge sprach", fuhr Aravis fort, „da sagte ich mir: Die Todesfurcht hat meinen Geist verwirrt, und ich leide an Wahnvorstellungen! Und ich war tief beschämt, denn keiner von meiner Abstammung dürfte den Tod mehr fürchten als den Stich einer Mücke. Deshalb machte ich mich ein zweites Mal bereit, mir den Dolch ins Herz zu stoßen, doch Hwin kam herbei und schob den Kopf zwischen mich und den Dolch. Dann legte sie mir gute Gründe dar, die gegen mein Vorhaben sprachen, und schalt mich, wie eine Mutter ihre Tochter schilt. Und nun war mein Erstaunen so groß, daß ich Ahoshta und mein Vorhaben, mich zu töten, vergaß. Ich sagte: ‚O meine Stute, wie hast du gelernt, wie eine Menschentochter zu reden?' Und Hwin sagte mir, was allen Anwesenden bekannt ist, nämlich daß es in Narnia Tiere gibt, die sprechen können, und daß sie als kleines Fohlen von dort entführt worden war. Sie sprach auch von den Wäldern und den Gewässern Narnias, von den Schlössern und den mächtigen Schiffen, bis ich sagte: ‚Im Namen Tashs, Azaroths und Zardeenahs, der Dame der Nacht, ich habe den großen Wunsch, in diesem Land Narnia zu leben.' – ‚O meine Herrin', entgegnete die Stute. ‚Wäret Ihr in Narnia, so wäret Ihr glücklich, denn in jenem Land wird kein Mädchen gezwungen, gegen seinen Willen zu heiraten.'

Und als wir lange Zeit miteinander geredet hatten, faßte ich wieder Mut und war froh, daß ich mich nicht getötet hatte. Hwin und ich kamen überein, miteinander zu fliehen, und schmiedeten Pläne. Wir kehrten ins Haus meines Vaters zurück, ich legte meine fröhlichsten Gewänder an, sang und tanzte vor meinem Vater und gab vor, über die Heirat, die er für mich geplant hatte, überglücklich zu sein. Ich sagte auch zu ihm:

‚O liebster Vater, du meine Augenweide, gib mir die Erlaubnis, mit einer meiner Dienerinnen allein für drei Tage in den Wald zu gehen, um Zardeenah, Göttin der Nacht und Göttin der Jungfrauen, geheime Opfer zu bringen, wie es der Brauch ist und wie es sich für eine Jungfrau geziemt, wenn sie sich aus den Diensten Zardeenahs löst und sich auf ihre Heirat vorbereitet.' Mein Vater antwortete: ,O meine Tochter, du meine Augenweide, so soll es sein.'

Aber nachdem ich meinen Vater verlassen hatte, ging ich sofort zum ältesten seiner Sklaven, seinem Sekretär, der mich als kleines Kind auf den Knien gewiegt hatte und der mich mehr liebt als Luft und Licht. Ich ließ ihn schwören, Stillschweigen zu bewahren, und bat ihn, einen gewissen Brief für mich zu schreiben. Er weinte und flehte mich an, meinen Entschluß rückgängig zu machen, doch schließlich sagte er: ,Euer Wunsch sei mir Befehl' und tat, was ich wünschte. Ich versiegelte den Brief und verbarg ihn an meinem Busen."

„Was stand denn in dem Brief?" fragte Shasta.

„Sei still, Kleiner!" gebot Bree. „Du verdirbst die Geschichte. Sie wird uns zur rechten Zeit von dem Brief erzählen. Fahr fort, Tarkheena."

„Dann rief ich meine Dienerin, die mich begleiten sollte. Ich befahl ihr, mich am nächsten Morgen sehr früh zu wekken. Und dann tat ich so, als wäre ich fröhlich, und gab ihr Wein zu trinken. Aber ich hatte etwas in ihren Becher geschüttet, was sie für eine Nacht und einen Tag in Schlaf versenken würde. Als sich die Dienerschaft meines Vaters zur Ruhe begeben hatte, erhob ich mich und legte die Rüstung meines Bruders an, die ich zu seinem Angedenken stets in meinem Zimmer aufbewahrte. Ich steckte all mein Geld und einige ausgesuchte Juwelen in meinen Gürtel, nahm mir Proviant, sattelte eigenhändig meine Stute und ritt zur Stunde der zweiten Wache davon. Doch ich wandte mich nicht den Wäldern zu, wo mich mein Vater vermutete, sondern ritt nordöstlich, in Richtung Tashbaan.

Ich wußte, daß mich mein Vater mindestens drei Tage lang nicht suchen würde, da er sich durch meine Worte hatte täuschen lassen. Am vierten Tag kamen wir in der Stadt Azim Balda an. Diese Stadt liegt an einer Stelle, wo sich viele Straßen kreuzen. Von dort reiten die Boten des Tisroc – möge er ewig leben – auf schnellen Rössern zu jedem Punkt des Reiches; und es ist ein Vorrecht der mächtigen Tarkaanen, durch diese Boten Nachrichten zu verschicken. Deshalb begab ich mich zum Ersten Boten im Gebäude der Herrschaftlichen Post in Azim Balda und sagte: ‚O Bote aller Boten, hier ist ein Brief von meinem Onkel Ahoshta Tarkaan an Kidrash Tarkaan, den Herrscher von Calavar. Nimm diese fünf Kreszent und sorge dafür, daß er die Nachricht erhält.' Und der Erste Bote sagte: ‚Euer Wunsch sei mir Befehl.'

Dieser Brief war so abgefaßt, als stammte er von Ahoshta, und dies war der Inhalt: ‚Ahoshta Tarkaan an Kidrash Tarkaan. Seid gegrüßt, und Friede sei mit Euch. Im Namen Tashs, des Unwiderstehlichen und Unerbittlichen: Wisset, daß es dem Glück und den Göttern gefiel, daß ich auf meiner Reise zu Eurem Hause, die ich unternahm, um die Vermählung mit Eurer Tochter Aravis Tarkheena zu vollziehen, diese Eure Tochter in den Waldern traf, nachdem sie die bei den Jungfrauen gebräuchlichen Riten und Opfer der Zardeenah beendet hatte. Ihre Schönheit und ihre Demut entzückten mich, und als ich erfuhr, wer sie war, entflammte ich in Liebe, und ich wußte, daß sich die Sonne vor meinen Augen verdunkeln würde, wenn ich sie nicht sofort ehelichte. Also bereitete ich die nötigen Opfer vor und heiratete Eure Tochter noch zur selben Stunde und kehrte dann mit ihr zu meinem eigenen Haus zurück. Und nun bitten wir Euch, so rasch wie möglich hierherzukommen, damit wir uns an Eurem Gesicht und an Eurer Rede erfreuen können. Zur gleichen Zeit ersuche ich Euch, die Mitgift Eurer Tochter mitzubringen, die ich aufgrund der vielen Ausgaben ohne Verzug benötige. Und da Ihr und ich wie Brüder sind, bin ich mir im Herzen sicher, daß Ihr über die Hast unserer Vermählung nicht zürnt, die gänzlich in der großen Liebe begründet liegt, die ich Eurer Tochter zolle. Die Gunst der Götter sei mit Euch.'

Sobald ich dies getan hatte, ritt ich in größter Eile von Azim Balda fort, ohne Angst vor Verfolgung und im Vertrauen darauf, daß mein Vater nach Erhalt des Briefes Boten zu Ahoshta schicken oder sich selbst zu ihm begeben würde und daß Tashbaan hinter mir läge, bevor die Wahrheit ans Tageslicht käme. Dies ist meine Geschichte bis heute nacht, wo mich Löwen jagten und ich beim Durchqueren des Salzsees zu euch stieß."

„Und was geschah mit dem betäubten Mädchen?" fragte Shasta.

„Zweifellos bekam sie Prügel, weil sie zu lange schlief", entgegnete Aravis kühl. „Aber sie war ein Werkzeug und eine Spionin meiner Stiefmutter. Ich bin froh, daß sie Prügel bekam."

„Also ich finde das nicht sehr fair", wandte Shasta ein.

„Ich habe diese Dinge nicht getan, um *dir* zu gefallen", sagte Aravis.

„Da ist noch etwas an dieser Geschichte, was ich nicht verstehe", sagte Shasta. „Du bist ja noch gar nicht erwachsen, und ich glaube nicht, daß du älter bist als ich. Wahrscheinlich bist du sogar noch jünger. Wie ist es möglich, daß du schon so früh heiraten solltest?"

Aravis antwortete nicht, aber Bree sagte schnell: „Shasta, zeig nicht, wie unwissend du bist. In den hohen Tarkaan-Familien werden die Mädchen immer in diesem Alter verehelicht."

Shasta wurde dunkelrot über diesen Verweis, aber es war noch dämmerig, und die anderen sahen es nicht. Nun bat Aravis das Pferd Bree, seine Geschichte zu erzählen. Bree erfüllte ihren Wunsch. Shasta war der Meinung, daß das Pferd viel zuviel über seine, Shastas, Stürze sprach und davon, wie schlecht er reiten konnte. Bree hielt das Ganze offensichtlich für sehr spaßig, aber Aravis lachte nicht. Als Bree geendet hatte, legten sie sich alle schlafen.

Am nächsten Tag setzten die beiden Pferde und die beiden Menschen ihre Reise gemeinsam fort. Shasta fand, es sei viel schöner gewesen, als er und Bree noch allein geritten waren. Denn jetzt redete Bree fast nur noch mit Aravis. Bree hatte lange Zeit in Kalormen gelebt und hatte sich ständig bei Tarkaanen und deren Pferden aufgehalten, und so kannte er natürlich viele von den Leuten und den Orten, die auch Aravis kannte. Sie sagte zum Beispiel: „Also wenn du an der Schlacht von Zulindreh teilgenommen hast, dann mußt du auch meinen Cousin Alimash getroffen haben." Und Bree antwortete: „O ja, Alimash, aber er war Hauptmann der Streitwagen. Mit den Streitwagen oder den Pferden, die sie zogen, hatte ich nie viel zu tun. Sie gehören eigentlich nicht zur Kavallerie. Aber er ist ein nobler Edelmann. Er hat meinen Nasenbeutel mit Zucker gefüllt, nachdem wir Teebeth eingenommen hatten." Oder Bree sagte: „Ich war diesen Sommer unten am See von Mezreel", und Aravis antwortete: „Oh, Mezreel. Dort hatte ich eine Freundin, Lasaraleen Tarkheena. Welch herrlicher Ort! Diese Gärten, und das Tal der tausend Düfte!" Es war ganz und gar nicht so, daß Bree versucht hätte, Shasta auszuschließen, es kam Shasta nur manchmal so vor. Aber Leute, die über die gleichen Dinge Bescheid wissen, können gar nicht anders, als über diese Dinge zu reden, und wenn dann ein anderer dabei ist, dann kann er nicht anders: Er fühlt sich ausgeschlossen.

Hwin, die Stute, war vor einem so prächtigen Streitroß wie Bree sehr befangen und sagte kaum etwas. Und Aravis redete nie mit Shasta, wenn es zu vermeiden war.

Doch bald gab es wichtigere Dinge zu bedenken. Tashbaan kam immer näher. Die Dörfer wurden zahlreicher und größer, und auf den Straßen war mehr Betrieb. Jetzt waren die vier fast nur noch bei Nacht unterwegs. Untertags versteckten sie sich, so gut sie konnten. Bei jeder Rast sprachen sie endlos lange darüber, was sie tun wollten, wenn sie in Tashbaan ankamen. Bisher hatten sie dieses Problem immer vor sich hergeschoben, doch jetzt war das nicht mehr möglich. Bree sagte, als erstes müsse man sich über einen Ort einigen, an dem man wieder zusammentreffen wolle, falls sie das Pech haben sollten, beim Durchqueren der Stadt getrennt zu werden. Er sagte, der beste Ort seien die Gräber der alten Könige am Rande der Wüste. „Sie sehen aus wie riesige, steinerne Bienenkörbe", sagte er, „man kann sie gar nicht übersehen. Und das gute daran ist, daß ihnen keiner nahe kommt, weil die Kalormenen glauben, daß es dort Dämonen gibt, und sie deshalb große Angst davor haben." Aravis fragte, ob es dort denn wirklich Dämonen gäbe. Aber Bree erklärte, er sei ein freies narnianisches Pferd und glaube nicht an diese kalormenischen Geschichten. Und dann sagte Shasta, er sei auch kein Kalormene, und diese alten Dämonengeschichten interessierten ihn keinen Pfifferling. Doch das stimmte nicht ganz. Natürlich sagte nun Aravis, sie hätte auch keine Angst vor Dämonen, und seien es auch noch so viele. Also wurde beschlossen, daß sie sich jenseits von Tashbaan bei den Gräbern treffen wollten, und alle hatten das Gefühl, die Sache klappe ganz prächtig. Bis Hwin bescheiden darauf hinwies, daß das wirkliche Problem ja nicht sei, wo sie sich hinterher treffen wollten, sondern wie man beim Durchqueren der Stadt vorgehen müsse.

„Das regeln wir morgen, meine Liebe", sagte Bree. „Jetzt wird es Zeit, ein Schläfchen zu halten."

Aber es war gar nicht so einfach, sich in diesem Punkt zu einigen. Aravis schlug vor, bei Nacht unterhalb von Tashbaan den Fluß zu durchqueren und die Stadt überhaupt nicht zu betreten. Doch Bree hatte zwei Einwände. Erstens einmal sei die Flußmündung sehr breit, um sie schwimmend zu durchqueren, noch dazu mit einem Reiter auf dem Rükken. Zum anderen seien dort viele Schiffe unterwegs, so daß man kaum damit rechnen konnte, unbemerkt vorbeizukommen.

Shasta schlug vor, man solle flußaufwärts und an Tashbaan vorbeireiten und den Fluß erst dort überqueren, wo er schmäler wurde. Aber Bree erklärte, daß dort an beiden Ufern meilenweit Villen lagen, wo Tarkaans und Tarkheenas wohnten. Dort sei die Wahrscheinlichkeit am größten, jemanden zu treffen, der Aravis oder sogar ihn selbst erkannte.

„Wir müssen uns verkleiden", schlug Shasta vor.

Hwin meinte, vielleicht würde es am einfachsten sein, geradewegs durch die Stadt zu reiten, weil man in einer Menschenmenge weniger auffällt. Aber dem Vorschlag Shastas, sich zu verkleiden, stimmte sie zu. Sie sagte: „Die beiden Kinder müssen sich in Lumpen kleiden, damit man sie für Bauernkinder oder für Sklaven hält. Die Rüstung von Aravis, unsere Sättel und die anderen Sachen müssen zu Bündeln verschnürt und auf unseren Rücken gepackt werden, und die Kinder müssen so tun, als führten sie uns, dann glauben die Leute, wir seien Packpferde."

„Meine liebe Hwin!" sagte Aravis scharf. „Als ob irgend jemand Bree für etwas anderes halten könnte als für ein Streitroß – da hilft kein Täuschungsmanöver."

„Das möchte ich doch meinen", sagte Bree. Er schnaubte und legte ein ganz klein wenig die Ohren zurück.

„Ich weiß, daß es kein sehr guter Plan ist", sagte Hwin. „Aber ich glaube, das ist unsere einzige Möglichkeit. Wenn wir uns mit Schlamm beschmieren und müde die Köpfe hängen lassen und beim Gehen kaum die Hufe heben – dann kommen wir vielleicht durch. Und unser Schweif muß gekürzt werden: nicht ordentlich, versteht ihr, sondern ganz ungleichmäßig."

„Meine liebe Dame", sagte Bree. „Hast du daran gedacht, wie unangenehm es wäre, in *diesem* Zustand in Narnia anzukommen?"

„Nun ja", sagte Hwin gleichmütig. „Das allerwichtigste ist, überhaupt dort anzukommen."

Obwohl keiner so recht begeistert war, übernahm man schließlich doch Hwins Plan. Er brachte viele Probleme mit sich, und eine der Voraussetzungen dafür war, gewisse Dinge zu „stehlen", wie Shasta es nannte, oder „einen Beutezug zu machen", wie Bree sich ausdrückte. Ein Bauernhaus büßte an diesem Abend ein paar Säcke, ein anderes eine Rolle Seil ein; aber ein paar armselige Jungenkleider mußten am nächsten Tag ganz normal im Dorf gekauft und bezahlt werden. Shasta strahlte, als er damit zurückkehrte. Der Abend brach gerade herein. Die anderen warteten unter den Bäumen am Fuß einer langgezogenen, bewaldeten Hügelkette auf ihn, die hier ihren Weg kreuzte. Alle waren aufgeregt, weil dies die letzte Anhöhe war; sobald sie oben angekommen waren, mußte Tashbaan unter ihnen liegen. „Ich wollte, es läge schon hinter uns", murmelte Shasta, zu Hwin gewandt. „Oh, ich auch, ich auch", seufzte Hwin inbrünstig.

In dieser Nacht kletterten sie auf einem Holzfällerpfad mühsam durch den Wald nach oben. Als sie auf der Kuppe des Hügels aus dem Wald heraustraten, sahen sie unter sich im Tal Tausende von Lichtern schimmern. Shasta hatte keinerlei Vorstellung davon gehabt, wie eine große Stadt wohl aussehen mochte, und was er da sah, ängstigte ihn. Dann aßen sie, und die Kinder schliefen ein wenig. Aber schon

am frühen Morgen weckten die Pferde die beiden wieder auf.

Die Sterne standen noch am Himmel, das Gras war naß und kalt, doch weit zu ihrer Rechten, über dem Meer, dämmerte es schon ein wenig. Aravis schlüpfte in ihre neuen, schäbigen Kleider. Sie war kaum wiederzuerkennen. Ihre eigenen Kleider schnürte sie zu einem Bündel zusammen. Das Bündel, ihre Rüstung, ihren Schild, den Krummsäbel, die beiden Sättel und das edle Zaumzeug der Pferde steckten sie in die Säcke. Bree und Hwin hatten schon dafür gesorgt, daß sie so schmutzig und zerzaust wie möglich aussahen, und so mußten die beiden Kinder nur noch den Schweif der Pferde stutzen. Zu diesem Zweck mußte einer der Säcke wieder ausgepackt und der Krummsäbel hervorgeholt werden.

„Meine Güte!“ sagte Bree. „Wenn ich nicht ein sprechendes narnianisches Pferd wäre, würde ich euch jetzt einen saftigen Tritt versetzen! Ich dachte, ihr wolltet die Haare abschneiden – nicht ausreißen! So fühlt es sich nämlich an.“

Endlich war es soweit. Die großen Säcke wurden auf die Pferde geschnallt, die Kinder nahmen die Stricke auf, welche die Pferde jetzt anstelle des Zaumzeugs und der Zügel trugen, und der Troß setzte sich in Richtung Tashbaan in Bewegung.

„Vergeßt nicht – ihr beiden dürft nicht reden!“ sagte Shasta zu Bree und Hwin. „Was auch immer geschehen mag!“

SHASTA TRIFFT DIE NARNIANEN

Zuerst konnte Shasta in dem Tal, das unter ihnen lag, außer einem Nebelmeer, durch das ein paar Kuppeln und Zinnen ragten, nichts erkennen. Doch als es heller wurde und der Nebel sich verzog, sah er immer mehr und mehr. Ein breiter Fluß spaltete sich in zwei Flußarme auf. Dazwischen, auf einer Insel, lag die Stadt Tashbaan. Rund um die Insel zog sich, vom Wasser umspült, eine hohe Mauer mit so vielen Wehrtürmen, daß Shasta es bald aufgab, sie zu zählen. Innerhalb der Mauer erhob sich die Insel zu einem Hügel, und bis hinauf zum Palast des Tisroc und dem großen Tempel Tashs auf der Hügelspitze standen dicht an dicht Häuser – da lag eine Terrasse über der anderen, eine Straße über der anderen, gewundene Gäßchen oder riesige, von Orangen- und Zitronenbäumen gesäumte Treppen, Dachgärten, Balkone, tiefe Bogengänge, Kolonnaden, Spitztürme, Zinnen und Minarette. Und als schließlich die Sonne aus dem Meer aufstieg und die große, silberbeschlagene Kuppel des Tempels im Sonnenlicht funkelte, war Shasta fast geblendet.

„Nun mach schon, Shasta!“ mahnte Bree von Zeit zu Zeit.

An den Flußufern zu beiden Seiten des Tales lagen so viele Gärten, daß sie zuerst wie ein Wald aussahen, bis man dann näher kam und die weißen Wände der unzähligen Häuser entdeckte, die zwischen den Bäumen hervorlugten. Shasta schnupperte den köstlichen Duft der Blumen und Früchte. „Oh!“ rief er begeistert. „Das ist ja herrlich hier!“

„Das kann man wohl sagen“, bestätigte Bree. „Aber ich wollte, wir wären schon auf der anderen Seite der Stadt. Auf nach Narnia und in den Norden!“

In diesem Augenblick erhob sich ein leiser, bebender Ton, der nach und nach anschwoll, bis das ganze Tal zu erzittern schien. „Das sind die Hörner, die das Öffnen der Stadttore ankündigen“, erklärte Bree. „Wir sind gleich da. So, Aravis, laß die Schultern ein wenig hängen, und bemühe dich, ein bißchen weniger nach einer Prinzessin auszusehen.“

„Na gut“, sagte Aravis. „Aber wie wäre es, wenn auch du den Kopf ein wenig senken und versuchen würdest, ein bißchen weniger nach einem Streitroß auszusehen?“

„Pst!“ machte Bree. „Wir sind da.“

Sie waren am Flußufer angekommen, und die Straße führte auf eine Brücke mit unzähligen Rundbögen. Das Wasser tanzte silbern in der frühmorgendlichen Sonne; zu ihrer Rechten, zur Flußmündung hin, erhaschten sie einen Blick auf die Masten eines Schiffes. Auf der Brücke wimmelte es von Leuten, meist Bauern, die beladene Esel und Maulesel antrieben oder Körbe auf dem Kopf trugen. Die Kinder und die Pferde gesellten sich dazu.

Vor ihnen, am anderen Ende der Brücke, ragte die Stadtmauer auf. Die bronzenen Torflügel des Stadttors waren offen. Zu beiden Seiten standen sechs Soldaten, die ihre Speere vor sich aufgepflanzt hatten. Aravis konnte nicht anders, sie dachte: Wenn die wüßten, wessen Tochter ich bin! Doch die anderen dachten nur daran, wie es wohl zu schaffen war, die Stadt zu durchqueren, und hofften, die Soldaten mögen keine Fragen stellen. Glücklicherweise kam es nicht dazu. Aber einer von ihnen nahm eine Karotte aus dem Korb eines Bauern, warf sie Shasta lachend zu und rief: „He! Pferdejunge! Wenn dein Herr merkt, daß du sein Sattelpferd als Packgaul benutzt, dann wirst du etwas erleben!“

Shasta erschrak, denn das zeigte ihm, daß keiner, der etwas von Pferden verstand, sich darüber hinwegtäuschen ließ, daß Bree ein Streitroß war.

Tashbaan sah aus der Nähe nicht ganz so prächtig aus wie aus der Ferne. Die Straßen waren eng, und in den Mauern zu beiden Seiten gab es kaum Fenster. Es war viel belebter, als Shasta erwartet hatte: da waren nicht nur die Bauern, die mit ihnen hereingekommen waren, um zum Markt zu gehen. Da sah man Wasser- und Zuckerwerkverkäufer, Träger, Soldaten, Bettler, zerlumpte Kinder, Hühner, streunende Hunde und barfüßige Sklaven. Am auffallendsten aber waren die verschiedenen Gerüche, die sowohl von ungewaschenen Menschen, schmutzigen Hunden, duftenden Ölen, Knoblauch, Zwiebeln als auch von den größeren Abfallhaufen stammten, die überall herumlagen.

Shasta tat so, als führe er die anderen, aber in Wirklichkeit war es Bree, der den Weg wußte und der ihn mit der Nase in die richtige Richtung stupste. Schon bald wandten sie sich nach links und begannen, steil nach oben zu steigen. Hier war es viel frischer und angenehmer, denn der Weg war von Bäumen gesäumt, und nur auf der rechten Seite standen Häuser. Links schauten sie über Hausdächer auf den tiefergelegenen Teil der Stadt hinunter und ein Stück weit den Fluß hinauf. Schließlich bogen sie scharf nach rechts und trotteten dann immer noch weiter hügelaufwärts. Der Weg, den sie eingeschlagen hatten, führte im Zickzack zum Zentrum von Tashbaan. Schon bald wurden die Straßen vornehmer. Auf mächtigen Podesten erhoben sich die Statuen der Götter und Helden Kalormens. Das schimmernde Pflaster war von Palmen und Arkaden überschattet. Durch die Torgänge der vielen Paläste erhaschte Shasta Blicke auf grüne Äste, kühle Brunnen und weiche Rasenflächen. Dort drinnen muß es schön sein, dachte er.

In dem Gedränge, das hier herrschte, kamen sie nur sehr langsam vorwärts. Oft ging es überhaupt nicht mehr weiter. Denn immer wieder hieß es: „Macht Platz für den Tarkaan" oder „für die Tarkheena" oder „für den fünfzehnten Wesir" oder „für den Botschafter", und dann preßten sich alle gegen die Hauswände. Über die Köpfe der anderen hinweg sah Shasta manchmal den mächtigen Herrn oder die Dame, auf einer Sänfte ruhend, die von vier Sklaven auf bloßen Schultern getragen wurde. Denn in Tashbaan gibt es nur eine Verkehrsregel, und die besagt, daß jeder Untergeordnete jedem Übergeordneten Platz zu machen hat.

In einer prächtigen Straße nahe der Hügelspitze, nur noch überthront vom Palast des Tisroc, mußten sie wieder anhalten. Und diesmal geschah etwas ganz Fürchterliches.

„Macht Platz! Macht Platz! Macht Platz!" rief eine kräftige Stimme. „Macht Platz für den weißen König der Barbaren, den Gast des Tisroc – möge er ewig leben! Macht Platz für unsere edlen Gäste aus Narnia!"

Shasta versuchte den Weg freizugeben und Bree zurückzuziehen. Eine Frau mit einem kantigen Korb in der Hand stieß Shasta von hinten hart gegen die Schultern und schimpfte: „Also so was! Drängle doch nicht so!" Dann schubste ihn von der Seite her jemand an, und in seiner Verwirrung ließ Shasta Bree los. Und plötzlich war die Menschenmenge hinter ihm so dicht, daß er sich überhaupt nicht mehr rühren konnte. So stand er schließlich ganz gegen seinen Willen in der ersten Reihe.

Die fremden Gäste, die nun die Straße herunterkamen, unterschieden sich von allen anderen Menschen, die Shasta bisher in der Stadt gesehen hatte. Der Ausrufer, der voraus lief und „Macht Platz! Macht Platz!“ rief, war der einzige Kalormene unter ihnen. Es gab auch keine Sänften; alle gingen zu Fuß. Es waren ungefähr ein halbes Dutzend Männer, und Shasta hatte noch nie ihresgleichen gesehen. Zum einen waren sie alle hellhäutig wie er selbst, und die meisten hatten blondes Haar. Zum zweiten waren sie auch ganz anders gekleidet als die Männer Kalormens. Ihre Beine waren bloß, und sie trugen knielange Waffenröcke in leuchtenden Farben. Die Schwerter an ihrer Seite waren lang und gerade, nicht gebogen wie die kalormenischen Krummsäbel. Sie waren auch nicht so ernst und verschlossen wie die meisten Kalormenen, sondern sie gingen schwungvoll, ließen die Arme locker baumeln, plauderten und lachten. Einer pfiff sogar. Man konnte sehen, daß sie willens waren, mit jedermann Freund zu sein, der freundlich zu ihnen war – daß es sie aber einen feuchten Kehricht scherte, wenn jemand dies nicht sein sollte.

Und dann geschah es. Der vorderste der hellhäutigen Männer deutete plötzlich auf Shasta, rief: „Da ist er! Da ist unser Ausreißer!“, packte ihn an der Schulter und gab ihm eine Ohrfeige. Dann schüttelte er ihn, daß Shasta nicht mehr wußte, wo ihm der Kopf saß. „Schäm dich! Schande über dich! Königin Suse hat sich deinetwegen fast die Augen ausgeweint! Eine ganze Nacht lang warst du weg! Wo hast du bloß gesteckt?“

Wenn es nur möglich gewesen wäre, hätte Shasta versucht, sich unter Brees Körper zu ducken und in der Menge zu verschwinden. Aber die blonden Männer hatten ihn inzwischen umringt und hielten ihn fest.

Natürlich wollte er im ersten Moment sagen, er sei nur der Sohn des armen Fischers Arashin, und der fremde Herr müsse ihn mit jemandem verwechseln. Aber das letzte, was er hier in dieser Menschenmenge wollte, war, Erklärungen darüber abzugeben, wer er war und was er hier zu suchen hatte. Shasta warf Bree einen hilfesuchenden Blick zu. Aber Bree hatte nicht vor, die Leute in seiner Nähe wissen zu lassen, daß er reden konnte, und stand daher nur mit etwas dümmlichem Gesicht da. Was Aravis betraf, so wagte Shasta es nicht einmal, sie anzublicken, aus Furcht, die Aufmerksamkeit auf sie zu lenken. Zum Nachdenken blieb ihm keine Zeit, denn der Anführer der Narnianen sagte: „Nimm den kleinen Herrn an der einen Hand, Peridan, sei so gut, und ich nehme ihn an der anderen. So, marsch jetzt! Unsere königliche Schwester wird sehr erleichtert sein, wenn sie sieht, daß unser junger Taugenichts wieder da ist."

Und so war ihr Plan fehlgeschlagen, noch bevor sie Tashbaan halbwegs hinter sich gelassen hatten. Ohne Gelegenheit zu haben, sich von den anderen zu verabschieden, wurde Shasta zwischen den Fremden abgeführt. Er hatte auch keine Ahnung, was jetzt mit ihm geschehen mochte. Der narnianische König – daran, wie die anderen mit ihm sprachen, merkte Shasta, daß er ein König sein mußte – befragte ihn ununterbrochen: Wo war er gewesen, wie war er aus dem Haus herausgekommen, was hatte er mit seinen Kleidern gemacht, und wußte er nicht, daß er sehr unartig gewesen war?

Shasta antwortete nicht, denn ihm fiel keine unverfängliche Antwort ein.

„Was ist? Hast du die Sprache verloren?" fragte ihn der König. „Ich muß dir offen sagen, mein Prinz, daß sich dieses Schweigen und dieses Kopfhängenlassen für einen Jungen deiner Geburt noch weniger geziemen als das, was du da angestellt hast. Dein Weglaufen könnte man ja noch für einen Dummenjungenstreich halten, zu dem ein gewisses Maß an Mut gehört. Aber der Sohn des Königs von Archenland müßte für das, was er angestellt hat, eigentlich geradestehen und dürfte nicht den Kopf hängen lassen wie ein kalormenischer Sklave.“

Das war Shasta sehr unangenehm, denn dieser junge König gefiel ihm ausnehmend gut, und er hätte gern einen guten Eindruck auf ihn gemacht.

Die Fremden, die ihn immer noch fest an beiden Händen hielten, führten ihn durch eine enge Gasse und eine schmale Treppe hinunter. Dann erklommen sie eine zweite Treppe, die zu einem breiten Tor in einer weißen Mauer führte, mit einer hohen, dunklen Zypresse zur Linken und zur Rechten. Als er den Torbogen durchschritten hatte, fand sich Shasta in einem Zwischending zwischen Hof und Garten wieder. In der Mitte war ein Marmorbecken zu sehen, in das aus einem Springbrunnen unentwegt klares Wasser plätscherte. Drum herum auf dem weichen Rasen wuchsen Orangenbäume, und die vier weißen Mauern, die den Rasen säumten, waren mit Kletterrosen bewachsen.

Der Lärm, der Staub und die Menschenmassen auf den Straßen schienen plötzlich ganz weit. Shasta wurde rasch durch den Garten und durch eine dunkle Tür geführt. Der Ausrufer blieb draußen. Dann kam Shasta durch eine Halle, deren Steinfußboden sich unter seinen heißen Füßen herrlich kühl anfühlte, und schließlich ging es wieder eine Treppe hinauf. Einen Augenblick später stand er blinzelnd in einem hellen, großen, luftigen Raum mit weit geöffneten Fenstern, die alle nach Norden blickten. Auf dem Fußboden lag ein Teppich, in Farben, die schöner waren als alles, was er jemals gesehen hatte. Seine Füße versanken darin, als liefe er auf einem dicken Moosteppich. An den Wänden standen niedrige Sofas mit weichen Kissen. Der Raum war sehr belebt, und einige der Gestalten kamen Shasta ausgesprochen seltsam vor. Aber er hatte keine Zeit, sich darüber Gedanken zu machen, denn die schönste Dame, die er jemals gesehen hatte, erhob sich, kam rasch auf ihn zu, umarmte und küßte ihn und sagte:

„O Corin, Corin, wie konntest du nur? Dabei stehen wir uns doch so nahe, seit deine Mutter gestorben ist! Was hätte ich wohl deinem königlichen Vater gesagt, wenn ich ohne dich heimgekommen wäre? Das wäre fast ein Anlaß zu einem Krieg zwischen Archenland und Narnia gewesen, obwohl diese Länder schon seit undenklichen Zeiten gut Freund miteinander sind. Das war schlimm von dir, mein Freund, sehr schlimm, uns so übel mitzuspielen!"

Offensichtlich, überlegte Shasta blitzschnell, hält man mich für einen Prinzen aus Archenland, wo das auch immer liegen mag. Und das müssen Narnianen sein. Ich frage mich allerdings, wo der wirkliche Corin steckt.

„Wo warst du, Corin?" fragte die Dame, deren Hände noch immer auf Shastas Schultern ruhten.

„Ich – ich weiß nicht", stammelte Shasta.

„Siehst du, Suse", sagte der König. „Ich konnte auch kein Wort aus ihm herauskriegen – sei es nun wahr oder gelogen."

„Eure Majestäten! Königin Suse! König Edmund!" sagte eine Stimme. Und als Shasta sich umwandte, um den Sprecher anzuschauen, traf ihn fast der Schlag, denn es war eines dieser komischen Wesen, die er aus dem Augenwinkel heraus gesehen hatte, als er zur Tür hereingekommen war. Es war etwa so groß wie er selbst. Von der Hüfte an aufwärts sah es aus wie ein Mann, aber seine Beine waren behaart wie die einer Ziege. Sie waren auch geformt wie Ziegenbeine, und Ziegenhufe und einen Schwanz hatte das Wesen auch. Seine Haut war rot, sein Haar lockig, im Gesicht trug es einen kurzen Spitzbart und auf dem Kopf zwei kleine Hörner. Es war ein Faun, doch Shasta hatte noch nie etwas von einem Faun gehört. Wer das Buch *Der König von Narnia* gelesen hat, den interessiert es vielleicht, daß dies haargenau derselbe Faun war – er hieß Tumnus –, den Lucy, die Schwester von Königin Suse, damals am allerersten Tag traf, nachdem sie den Weg nach Narnia gefunden hatte. Doch er war inzwischen um einiges älter geworden, denn Peter, Suse, Edmund und Lucy regierten jetzt schon seit einigen Jahren als Könige und Königinnen von Narnia.

„Eure Majestäten", sagte der Faun. „Der junge Prinz hat einen kleinen Sonnenstich. Schaut ihn euch nur an! Er ist ganz benommen. Er weiß nicht, wo er ist!"

Nun hörten natürlich alle sofort auf, mit Shasta zu schelten und ihn auszufragen. Sie umsorgten ihn, legten ihn auf ein Sofa und stopften ihm Kissen unter den Kopf. Dann gab man ihm aus einem goldenen Becher eisgekühlten Fruchtsaft zu trinken und befahl ihm, sich still zu verhalten.

So etwas war Shasta noch nie widerfahren. Er hätte nicht einmal zu träumen gewagt, jemals auf so einem bequemen Sofa zu liegen und einen solch köstlichen Saft zu trinken. Er überlegte sich noch immer, was wohl den anderen zugestoßen sein mochte und wie um alles in der Welt er wohl fliehen und sich bei den Gräbern mit ihnen treffen konnte. Und was mochte wohl passieren, wenn der richtige Corin wieder auftauchte?

Die Leute, die sich in diesem kühlen, luftigen Raum aufhielten, waren sehr interessant. Neben dem Faun gab es zwei Zwerge. Auch diese Art von Lebewesen hatte Shasta noch nie gesehen. Und einen sehr großen Raben gab es auch. Alle übrigen waren Menschen; Erwachsene, aber noch jung, und alle – die Frauen und die Männer – hatten hübschere Gesichter und schönere Stimmen als die meisten Bewohner Kalormens.

„Nun, hohe Schwester", sagte der König zu Königin Suse. „Was meinst du? Wir sind nun schon volle drei Wochen hier in dieser Stadt. Hast du dich schon entschieden, ob du diesen Prinzen Rabadash heiraten willst oder nicht?"

Die Dame schüttelte den Kopf. „Nein, Bruder, ich werde ihn nicht heiraten", sagte sie. „Nicht für alle Juwelen Tashbaans."

Oh! dachte Shasta. Sie sind zwar König und Königin, aber sie sind nicht miteinander verheiratet. Es sind Geschwister.

„Fürwahr, Schwester", sagte der König. „Ich wäre enttäuscht von dir, wenn du ihn erhört hättest. Ich muß dir sagen: Schon als der Botschafter des Tisroc zum ersten Mal wegen dieser Heirat nach Narnia kam – und auch später noch, als der Prinz bei uns in Feeneden zu Gast war –, hat es mich sehr erstaunt, daß du ihm so viel Gunst erwiesen hast."

„Das war meine Torheit, Edmund", entgegnete Königin Suse. „Und ich flehe dich an, Nachsicht mit mir zu üben. Doch als dieser Prinz bei uns in Narnia war, betrug er sich völlig anders als hier in Tashbaan. Ihr habt ja alle gesehen, welch großartige Leistungen er in dem großen Wettkampf vollbracht hat, den unser Bruder, König Peter der Prächtige, für ihn veranstalten ließ, und wie demütig und höflich er sich in diesen sieben Tagen betrug. Doch hier in seiner eigenen Stadt hat er ein anderes Gesicht gezeigt."

„Ah!" krächzte der Rabe. „Es gibt ein altes Sprichwort: Man muß den Bären in seiner Höhle gesehen haben, bevor man ein Urteil über ihn abgeben kann."

„Sehr richtig, Patschfuß", sagte einer der Zwerge. „Und ein anderes lautet: Komm und lebe mit mir, dann zeige ich dir, wer ich bin."

„Ja", meinte der König. „Jetzt wissen wir, wie er ist: Er ist ein übermäßig stolzer, verschwenderischer, grausamer und selbstherrlicher Tyrann."

„Im Namen Aslans – dann sollten wir noch heute Tashbaan verlassen“, schlug Suse vor.

„Das ist leichter gesagt als getan, Schwester“, wandte Edmund ein. „Nun muß ich euch allen sagen, was mir die letzten beiden Tage und auch schon zuvor durch den Kopf gegangen ist. Peridan, sei so gut und schau an der Tür nach, ob dort auch kein Spion steht! Alles in Ordnung? Gut. Denn das, was ich jetzt sage, muß geheim bleiben.“

Alle sahen plötzlich sehr ernst aus. Königin Suse sprang auf und rannte zu ihrem Bruder hinüber. „O Edmund“, rief sie. „Was ist denn los? Du machst so ein schreckliches Gesicht!“

PRINZ CORIN

Meine liebe Schwester", sagte König Edmund. „Du mußt jetzt deinen ganzen Mut zusammennehmen. Denn ich sage dir klipp und klar, daß uns große Gefahr droht."

„Wieso, Edmund?" fragte die Königin.

„Ich glaube nicht, daß es so einfach sein wird, Tashbaan zu verlassen. Solange der Prinz Hoffnung hatte, dein Jawort zu erlangen, waren wir hochgeschätzte Gäste. Aber bei der Mähne des Löwen – ich glaube, sobald du ihn offen abweist, werden wir kaum mehr sein als gewöhnliche Gefangene."

Einer der Zwerge pfiff leise vor sich hin.

„Ich habe Eure Majestäten gewarnt, ich habe euch gewarnt", sagte Patschfuß der Rabe.

„Ich war heute morgen beim Prinzen", fuhr Edmund fort. „Er ist leider gar nicht daran gewöhnt, seinen Willen nicht durchzusetzen. Er ist sehr erbost, daß du dir so lange Zeit nimmst und immerzu ausweichende Antworten gibst. Um ihn vorzubereiten, habe ich eine wegwerfende Bemerkung über die Wankelmütigkeit der Frauen gemacht und angedeutet, seine Werbung könne vergeblich sein. Er wurde böse und gefährlich. In jedem Wort, das er sprach, lag unter dem Deckmantel von höflichem Gerede eine klare Drohung."

„Ja", sagte Tumnus. „Als ich gestern mit dem Großwesir zu Abend speiste, war es genauso. Er fragte mich, wie mir

Tashbaan gefiele. Ich konnte ihm nicht sagen, daß mir jeder einzelne Stein dieser Stadt zuwider ist, aber lügen mochte ich auch nicht. So sagte ich ihm also, daß mein Herz jetzt, wo der Hochsommer naht, den kühlen Wäldern und den taufeuchten Hängen Narnias entgegenschlägt. Er setzte ein Lächeln auf, das nichts Gutes zu bedeuten hatte, und sagte: ‚Nichts wird dich daran hindern, dort wieder herumzutanzen, kleines Ziegenbein – vorausgesetzt natürlich, ihr laßt uns zum Tausch eine Braut für unseren Prinzen da.‘ “

„Meint ihr, er würde mich mit Gewalt zur Frau nehmen?“ rief Suse.

„Das befürchte ich, Suse“, sagte Edmund.

„Aber wie kommt er nur darauf? Glaubt der Tisroc, unser Bruder, König Peter der Prächtige, ließe sich das bieten?“

„Sir“, sagte Peridan zum König. „So verrückt können die hier doch nicht sein. Glauben die denn, Narnia würde einem solchen Streich untätig zusehen?“

„Nun“, meinte Edmund. „Ich vermute, daß der Tisroc Narnia nur wenig fürchtet. Narnia ist ein kleines Land. Aber es ist auch ein freies Land und als solches dem Tisroc schon immer ein Dorn im Auge. Ihm wäre nichts lieber, als uns auszulöschen oder zu verschlucken. Als er es erstmals zuließ, daß der Prinz als dein Bewerber nach Feeneden kam, Schwester, da suchte er vielleicht nur einen Grund, gegen uns vorzugehen. Höchstwahrscheinlich wäre es ihm am liebsten, wenn er auf einen Schlag Archenland und Narnia bekäme.“

„Soll er es nur versuchen!“ meinte der zweite Zwerg. „Zur See sind wir so stark wie er. Und wenn er uns auf dem Landweg angreift, muß er erst einmal die Wüste durchqueren.“

„Wahr gesprochen, Freund“, entgegnete Edmund. „Aber bildet die Wüste einen sicheren Schutz? Was meint Patschfuß dazu?“

„Ich kenne die Wüste gut“, sagte der Rabe, „denn ich habe sie in meinen jüngeren Jahren kreuz und quer überflogen. Eines ist gewiß: wenn der Tisroc den Weg über die große Oase einschlägt, wird es ihm nicht gelingen, ein großes Heer nach Archenland zu führen. Sie könnten die Oase zwar am Ende eines Tagesmarsches erreichen, doch die Quellen dort führen nicht genug Wasser, um den Durst aller Soldaten und Tiere zu löschen. Aber es gibt noch einen anderen Weg.“

Shasta spitzte mehr und mehr die Ohren.

„Derjenige, der diesen Weg finden will“, sagte der Rabe, „muß von den Gräbern der alten Könige aus nordwestlich reiten, und zwar so, daß er die Doppelspitze des Berges Pire immer genau vor sich sieht. Dann wird er nach einem Tagesritt oder wenig mehr zum Eingang eines Felsentales kommen, der so eng ist, daß man ihn kaum als solchen erkennt. Wenn man in dieses Tal hineinblickt, ist weder Gras noch Wasser noch sonst etwas zu sehen. Doch wenn man hineinreitet, trifft man auf einen Fluß, an dessen Ufern man bis nach Archenland reiten kann.“

„Kennen die Kalormenen diesen Weg?“ fragte die Königin.

„Freunde“, sagte Edmund. „Wozu soll diese Unterhaltung führen? Wir wollen doch nicht wissen, ob Narnia oder Kalormen den Sieg davontrüge, wenn es zum Krieg zwischen den beiden Ländern käme. Wir wollen wissen, wie wir die Ehre der Königin und unser Leben retten und aus dieser teuflischen Stadt fliehen können.“

„Ich bin an allem schuld“, jammerte Suse und brach in Tränen aus. „Hätte ich nur niemals Feeneden verlassen. Wie glücklich waren wir doch, bevor diese Botschafter aus Kalormen kamen. Die Maulwürfe pflanzten gerade einen Obstgarten für uns … oh … oh.“ Und sie vergrub das Gesicht in den Händen und schluchzte.

„Mut, Suse, nur Mut!“ mahnte Edmund. „Vergiß nicht … Aber was ist nur los mit dir, Meister Tumnus?“ Denn der Faun packte sich an beiden Hörnern, als wolle er seinen Kopf festhalten. Dabei krümmte er sich vor und zurück, als hätte er Leibschmerzen.

„Sprecht mich nicht an, sprecht mich nicht an!“ rief Tumnus. „Ich denke. Ich denke so sehr, daß ich kaum atmen kann. Wartet, wartet, ihr müßt warten!“

Einen Augenblick lang machten alle ein verwirrtes Gesicht und schwiegen. Dann schaute der Faun auf, atmete tief ein, wischte sich die Stirn und sagte: „Das einzige Problem ist, mit Vorräten beladen zu unserem Schiff hinunterzugelangen – ohne gesehen oder aufgehalten zu werden.“

„Ja“, sagte einer der Zwerge trocken. „Genau, wie es für den Bettler, der reiten will, das einzige Problem ist, daß er kein Pferd hat.“

„Warte, warte“, sagte Tumnus ungeduldig. „Wir brauchen nur einen Vorwand, uns heute zu unserem Schiff hinunterzubegeben und Vorräte an Bord zu schaffen.“

„So?“ meinte König Edmund zweifelnd.

„Tja“, fuhr der Faun fort. „Wie wäre es denn, wenn Eure Majestäten den Prinzen für morgen abend zu einem großen Fest auf unserer Galeere, der *Kristallpracht*, einlüden? Man müßte die Einladung so freundlich wie möglich abfassen, ohne die Ehre der Königin zu verletzen, damit der Prinz Hoffnung schöpft und meint, sie sei im Begriff, sich erweichen zu lassen.“

„Ein sehr guter Ratschlag“, krächzte der Rabe.

„Und dann“, fuhr Tumnus aufgeregt fort, „dann fiele es überhaupt nicht auf, wenn wir zum Schiff hinuntergingen, um Vorbereitungen für unsere Gäste zu treffen. Einige von uns müßten sich zum Basar begeben und jeden Minim bei den Obst- und Zuckerwerkshändlern und bei den Weinverkäufern ausgegeben – geradeso, als gäben wir wirklich ein Fest. Dann bestellen wir Zauberer und Jongleure und Tänzerinnen und Flötenspieler, alle für morgen abend."

„Ich verstehe", sagte König Edmund und rieb sich die Hände.

„Dann", erklärte Tumnus, „dann begeben wir uns heute abend alle an Bord des Schiffes. Und sobald es dunkel genug ist ..."

„Setzen wir die Segel und machen die Ruder klar ...!" ergänzte der König.

„Und fahren hinaus aufs Meer!" rief Tumnus. Er machte einen Luftsprung und begann zu tanzen.

„Und richten unsere Nasen gen Norden", sagte der erste Zwerg.

„Und fahren heim. Hoch lebe Narnia und der Norden!" ergänzte der andere.

„Und am nächsten Morgen wacht der Prinz auf und stellt fest, daß die Vögel ausgeflogen sind!" fügte Peridan hinzu und klatschte in die Hände.

„O Meister Tumnus, lieber Meister Tumnus!" rief die Königin. Sie griff nach seinen Händen und tanzte mit ihm im Kreis herum. „Du hast uns alle gerettet."

„Der Prinz wird uns verfolgen", wandte einer der Lords ein.

„Das macht mir die geringsten Sorgen", erklärte Edmund. „Ich habe alle Schiffe gesehen, die im Fluß liegen, und kein großes Kriegsschiff und auch keine schnelle Galeere war dabei. Soll er uns doch verfolgen! Die *Kristallpracht* kann jedes Schiff versenken, das er uns hinterherschickt – wenn es uns überhaupt einholt!"

„Sir", sagte der Rabe. „Uns wird kein besserer Plan einfallen als der des Fauns, selbst wenn wir uns sieben Tage lange beraten. Aber bevor die Eier gelegt werden, muß man das

Nest bauen, wie wir Vögel sagen. Das heißt, daß wir essen und uns sofort an die Arbeit machen sollten.“

Nach diesen Worten erhoben sie sich, die Türen wurden geöffnet, und alle traten zur Seite, um dem König und der Königin den Vortritt zu lassen. Shasta wußte nicht, was er tun sollte, aber Tumnus sagte zu ihm: „Bleibt hier liegen, Hoheit, und ich werde Euch in ein paar Minuten einen kleinen Schmaus bringen. Ihr braucht Euch nicht zu rühren, bevor wir uns einschiffen.“ Shasta legte den Kopf wieder auf die Kissen zurück, und schon bald war er allein.

Das ist ja schrecklich, dachte Shasta. Er war keinen einzigen Augenblick lang auf die Idee gekommen, diesen Narnianen die Wahrheit zu sagen und sie um Hilfe zu bitten. Da er von einem hartherzigen, geizigen Mann wie Arashin aufgezogen worden war, war es ihm zu einer festen Angewohnheit geworden, den Erwachsenen – wenn irgend möglich – nichts zu erzählen. Und er dachte sich, daß der König ja vielleicht zu den beiden Pferden freundlich sein würde, weil es sich um sprechende Tiere aus Narnia handelte, wohingegen er Aravis sicher hassen würde, weil sie Kalormenin war. Vielleicht verkaufte er sie als Sklavin oder schickte sie zu ihrem Vater zurück. Was ihn selbst betraf, so dachte er: *Jetzt* kann ich ihnen auf keinen Fall mehr sagen, daß ich nicht Prinz Corin bin. Ich habe alle ihre Pläne mitgehört. Wenn sie erfahren, daß ich nicht zu ihnen gehöre, lassen sie mich nie mehr lebendig aus diesem Haus hinaus, weil sie fürchten, ich würde sie an den Tisroc verraten. Dann bringen sie mich um. Und wenn der richtige Corin auftaucht, kommt alles ans Tageslicht. Und dann bringen sie mich sowieso um!

Was soll ich nur tun? Was soll ich nur tun? fragte er sich unentwegt. Was … ach, da kommt das kleine ziegenartige Vieh wieder.

Der Faun kam mit einem Tablett in den Händen tänzelnd hereingetrottet. Er stellte es auf einen mit Einlegearbeiten verzierten Tisch neben Shastas Sofa und setzte sich mit gekreuzten Ziegenbeinen daneben auf den Teppich.

„So, kleiner Prinz", sagte er. „Nehmt ein herzhaftes Mahl ein. Es wird Euer letztes sein in Tashbaan."

Für ein kalormenisches Mahl war es wirklich ausgezeichnet. Shasta schmeckte es jedenfalls vorzüglich. Da gab es Hummer und Salat, mit Mandeln und Trüffeln gefülltes Wildbret und ein köstliches Gericht aus Hühnerleber, Reis, Rosinen und Nüssen. Des weiteren waren da kühle Melonen, Stachelbeerpudding und verschiedene Sorten Eiscreme. Und eine kleine Karaffe mit Wein.

Während Shasta aß, redete der kleine Faun, der dachte, Shasta sei noch immer von seinem Sonnenstich umnebelt, ununterbrochen über die schöne Zeit, die ihm bevorstand, wenn sie alle nach Hause zurückkehrten. Er redete über Prinz Corins guten alten Vater, König Lune von Archenland, und das kleine Schloß, in dem er diesseits des Passes an den südlichen Hängen des Gebirgszuges lebte. „Und vergeßt nicht", sagte Tumnus, „daß Ihr zu Eurem nächsten Geburtstag Eure erste Rüstung und Euer erstes Streitpferd bekommt. Und dann werdet Ihr den berittenen Zweikampf mit der Lanze lernen. König Peter hat Eurem königlichen Vater versprochen, Euch – wenn nichts dazwischenkommt – in Feeneden höchstpersönlich zum Ritter zu schlagen. In der Zwischenzeit werden zwischen Narnia und Archenland über die Berge hinweg viele Besuche ausgetauscht. Hoffentlich habt Ihr Euer Versprechen nicht vergessen, beim Sommerfest eine Woche bei mir zu verbringen. Dann entzünden wir Freudenfeuer, und die Faune und die Dryaden werden ganze Nächte hindurch im tiefsten Wald tanzen, und – wer weiß – vielleicht sehen wir sogar Aslan selbst!"

Als das Mahl vorüber war, befahl der Faun, Shasta solle ruhig liegenbleiben. „Es könnte Euch auch nicht schaden, ein wenig zu schlafen“, fügte er hinzu. „Ich werde Euch frühzeitig wecken, bevor wir an Bord gehen. Und dann geht es in die Heimat. Auf nach Narnia und in den Norden!“

Nun, da Shasta mit sich und seinen Gedanken allein war, hoffte er inständig, der richtige Prinz Corin möge nicht auftauchen und man möge statt dessen ihn mit dem Schiff nach Narnia mitnehmen. Ein kleines bißchen Sorgen machte er sich zwar um Aravis und Bree, die bei den Gräbern auf ihn warteten. Aber dann sagte er sich: Nun, was kann ich daran schon ändern? Und: Sowieso ist sich Aravis zu gut, um mit mir zusammen zu reisen, also kann sie von mir aus allein gehen. Gleichzeitig konnte er nicht umhin zu denken, wieviel schöner es wäre, auf dem Schiff nach Narnia zu fahren, anstatt sich durch die Wüste zu quälen. Und unter diesen – zugegeben – nicht sehr mitfühlenden Gedanken schlief er ein.

Ein lautes Klirren weckte ihn. Er sprang vom Sofa und riß die Augen auf. Daran, wie sich das Zimmer verändert hatte, erkannte er, daß er mehrere Stunden geschlafen haben mußte. Eine teure Prozellanvase, die auf dem Fensterbrett gestanden hatte, lag in etwa dreißig Scherben auf dem Fußboden. Aber all das regte ihn kaum auf. Was ihn aufregte, waren zwei Hände, die von draußen das Fensterbrett umklammerten. Sie packten immer fester zu, bis die Fingerknöchel ganz weiß wurden, und dann tauchten Kopf und Schultern auf. Einen Augenblick später saß ein Junge in Shastas Alter rittlings auf dem Fensterbrett.

Shasta hatte sich noch nie im Spiegel gesehen. Selbst wenn er sich schon einmal gesehen hätte, wäre ihm vielleicht nicht aufgefallen, daß der andere Junge normalerweise fast genauso aussehen mußte wie er selbst. In diesem Augenblick konnte man allerdings nicht so recht sehen, wie er normalerweise aussehen mochte. Er hatte nämlich das allerblaueste Auge, das ihr jemals gesehen habt, ein Zahn war ausgeschlagen, seine Kleider waren zerfetzt und schmutzig und sein Gesicht mit Blut und Schlamm beschmiert.

„Wer bist du?“ fragte der Junge flüsternd.

„Bist du Prinz Corin?“ fragte Shasta.

„Ja, natürlich“, entgegnete der andere. „Aber wer bist du?“

„Ich bin niemand, ich meine, ich bin niemand Besonderer“, erklärte Shasta. „König Edmund hat mich auf der Straße entdeckt und hat mich für dich gehalten. Vermutlich sehen wir uns ähnlich. Kann ich auf dem gleichen Weg hinaussteigen, auf dem du hereingekommen bist?“

„Ja, wenn du gut klettern kannst“, entgegnete Corin. „Aber warum hast du es denn so eilig? Also ich finde, wir müßten es feiern, daß man dich mit mir verwechselt hat.“

„Nein, nein“, wehrte Shasta ab. „Jetzt, wo du da bist, muß ich schnellstens weg. Es wäre fürchterlich, wenn Tumnus zurückkäme und uns beide hier fände. Ich mußte so tun, als wäre ich du. Und ihr werdet noch heute abend Tashbaan verlassen – heimlich. Wo warst du nur die ganze Zeit?“

„Ein Junge auf der Straße hat einen üblen Witz über Königin Suse gemacht“, erklärte Prinz Corin. „Deshalb habe ich ihn zu Boden geschlagen. Er rannte heulend in ein Haus und schickte seinen großen Bruder. Also mußte ich den großen Bruder ebenfalls niederschlagen. Dann haben mich alle verfolgt, bis wir auf einige Wachposten trafen. Also kämpfte ich mit den Wachposten, und die haben *mich* zu Boden geschlagen. Inzwischen wurde es schon dunkel. Dann nahmen mich die Wachposten mit, um mich irgendwo einzusperren. Also fragte ich sie, ob sie Lust auf einen

Krug Wein hätten, und sie sagten, sie hätten nichts dagegen. Also ging ich mit ihnen zu einem Weinhändler und kaufte ihnen Wein. Sie setzten sich alle hin und tranken, bis sie einschliefen. Ich dachte, es sei Zeit zu verschwinden, also stahl ich mich leise fort. Dann traf ich den ersten Jungen wieder, der mit dem ganzen Theater angefangen hatte. Also schlug ich ihn noch einmal zu Boden. Dann kletterte ich an der Regenrinne eines Hauses aufs Dach und blieb dort still liegen, bis es heute morgen hell wurde. Da machte ich mich auf den Rückweg. Gibt es hier irgend etwas zu trinken?"

„Nein, ich habe alles ausgetrunken", sagte Shasta. „Und jetzt zeigst du mir, wie du hereingekommen bist. Wir dürfen keine Zeit verlieren. Du legst dich besser auf das Sofa und tust so … ach, das habe ich ganz vergessen. Das geht ja gar nicht, mit all deinen Schrammen und dem blauen Auge. Du mußt ihnen einfach die Wahrheit sagen, wenn ich erst einmal weg bin."

„Was hast du denn sonst erwartet?" fragte der Prinz ärgerlich. „Wer bist denn überhaupt *du*?"

„Dazu ist keine Zeit", flüsterte Shasta aufgeregt. „Ich bin, glaube ich, ein Narniane; auf jeden Fall komme ich aus dem Norden. Aber ich habe immer in Kalormen gelebt. Ich bin auf der Flucht durch die Wüste, mit einem sprechenden Pferd namens Bree. Und jetzt rasch! Wie komme ich hier weg?"

„Du läßt dich von diesem Fenster auf das Verandadach fallen. Aber vorsichtig, auf den Zehenspitzen, sonst hört man dich. Dann wendest du dich nach links und steigst auf die Mauer, sofern du einigermaßen klettern kannst. Dann gehst du auf der Mauer entlang bis zur Ecke. Dort läßt du dich auf den Abfallhaufen plumpsen, der außerhalb der Mauer liegt, und dann hast du es geschafft."

„Vielen Dank“, sagte Shasta, der schon auf dem Fenstersims saß. Die beiden Jungen schauten sich in die Augen und stellten plötzlich fest, daß sie Freunde waren.

„Auf Wiedersehen“, sagte Corin. „Und alles Gute. Ich hoffe, du schaffst es.“

„Auf Wiedersehen“, sagte Shasta ebenfalls. „Meine Güte, da hast du aber wirklich Abenteuer hinter dir!“

„Mit deinen verglichen sind sie nicht der Rede wert“, sagte der Prinz. „Und jetzt spring – aber vorsichtig. Ich hoffe, wir treffen uns in Archenland“, fügte er hinzu, während Shasta sich hinunterließ. „Geh zu meinem Vater, König Lune, und sag ihm, du seist ein Freund von mir. Paß auf, ich höre jemanden kommen.“

SHASTA BEI DEN GRÄBERN

Shasta rannte leichtfüßig auf Zehenspitzen übers Dach, das sich unter seinen nackten Füßen heiß anfühlte. Es dauerte nur ein paar Sekunden, bis er auf die Mauer geklettert war. Als er schließlich an der Ecke ankam, sah er unter sich eine enge, übelriechende Gasse, und wie Corin ihm gesagt hatte, lag außen an der Mauer ein Abfallhaufen. Bevor Shasta hinuntersprang, schaute er sich rasch um, weil er sehen wollte, wo er sich überhaupt befand. Offensichtlich hatte er jetzt die Spitze des Hügels überquert, auf dem Tashbaan lag. Vor ihm senkte sich die Stadt hinab, da lag ein Flachdach unter dem anderen, bis hinunter zu den Türmen und Zinnen der nördlichen Stadtmauer. Dahinter lag der Fluß, und jenseits vom Fluß schloß sich ein mit Gärten bedeckter Hang an. Und hinter den Gärten erblickte er etwas, was er noch nie zuvor gesehen hatte – eine riesige, gelbgraue Ebene, flach wie der unbewegte Ozean und endlos groß. Jenseits dieser Ebene sah er ganz in der Ferne einen blauen Höhenzug mit gezacktem Kamm, und einige der Spitzen waren weiß. Die Wüste! Die Berge! dachte Shasta.

Er ließ sich auf den Abfallhaufen plumpsen und begann abwärts zu trotten, so schnell das in der engen Gasse möglich war. Schon bald erreichte er eine breitere Straße, auf der mehr Leute unterwegs waren. Keiner kümmerte sich um den kleinen zerlumpten Jungen, der auf bloßen Füßen dahinrannte. Trotzdem hatte er Angst, bis er um eine Ecke bog und die Stadttore vor sich sah. Hier wurde er noch ein bißchen gerempelt und herumgeschubst, denn außer ihm wollten noch viele andere Menschen die Stadt verlassen. Die Menschenmassen drängten sich in einer langen Schlange durch das Stadttor und über die Brücke. Dort draußen, wo links und rechts das klare Wasser dahinströmte, war es nach dem Gestank, der Hitze und dem Lärm Tashbaans herrlich frisch.

Als Shasta schließlich am anderen Ende der Brücke angekommen war, stellte er fest, daß sich die Leute um ihn herum immer mehr verliefen. Alle schienen entweder nach rechts oder nach links am Flußufer entlangzugehen. Er selbst marschierte geradeaus auf einem zwischen den Gärten verlaufenden Weg, der nicht viel benutzt zu werden schien. Nach ein paar Schritten war er allein; nach ein paar weiteren war er oben am Hang angekommen. Dort blieb er stehen und riß die Augen auf. Es war, als hätte er das Ende der Welt erreicht. Ein paar Schritte vor ihm hörte ganz plötzlich das Gras auf. Statt dessen begann eine endlose Sandfläche, ähnlich wie am Meeresstrand, nur war der Sand etwas gröber. Dahinter ragten die Berge auf, die jetzt ferner schienen als zuvor. Zu seiner großen Erleichterung sah er etwa fünf Minuten des Weges zu seiner Linken die Gräber, genau wie Bree sie beschrieben hatte: eine große Anzahl verwitterter Steine in der Form von riesigen Bienenkörben, nur etwas schmäler. Sie sahen sehr dunkel und sehr beängstigend aus, denn hinter ihnen ging gerade die Sonne unter.

Shasta wandte das Gesicht nach Westen und trottete zu den Gräbern hinüber. Dabei hielt er angestrengt nach seinen Freunden Ausschau, doch die untergehende Sonne schien ihm in die Augen, und er konnte kaum etwas erkennen. Sowieso, dachte er, warten sie natürlich hinter dem letzten

Grab und nicht davor, wo jeder sie von der Stadt aus sehen kann.

Etwa zwölf Gräber standen da. Jedes hatte einen niedrigen gewölbten Eingang, hinter dem es stockdunkel war. Die Gräber lagen unregelmäßig verstreut, und so dauerte es ewig lange, bis Shasta jedes einzelne umrundet hatte und sicher war, daß er keines ausgelassen hatte. Doch keiner von seinen Freunden war zu sehen.

Es war sehr still hier am Rand der Wüste, und jetzt war die Sonne ganz untergegangen.

Plötzlich kam von irgendwoher hinter ihm ein schreckliches Geräusch. Shasta biß sich auf die Lippen, um nicht laut aufzuschreien. Im nächsten Augenblick wurde ihm klar, was das sein mußte: es waren die Hörner Tashbaans, die das Schließen der Stadttore ankündigten. Jetzt, wo sich die Tore geschlossen hatten, war es völlig ausgeschlossen, daß sich die anderen noch an diesem Abend zu ihm gesellten. Entweder sind sie über Nacht in Tashbaan eingesperrt, dachte Shasta, oder sie sind ohne mich aufgebrochen. Dieser Aravis sieht das ganz ähnlich. Aber Bree würde das nicht tun. Bestimmt nicht – oder vielleicht doch?

Aber in bezug auf Aravis täuschte sich Shasta ganz gewaltig. Aravis war stolz, und sie war wohl auch ein wenig überheblich, aber sie war treu wie Gold und hätte nie einen Gefährten im Stich gelassen.

Jetzt, wo Shasta wußte, daß er die Nacht allein hier verbringen mußte, gefiel ihm dieser Ort immer weniger. Die riesigen, unbeweglichen Steingestalten sahen sehr ungemütlich aus. Er hatte sich die ganze Zeit über bemüht, nicht an Dämonen zu denken, aber jetzt gelang ihm das nicht mehr.

„Hilfe!“ schrie er plötzlich, denn in diesem Augenblick spürte er, wie etwas sein Bein berührte. Shasta war so entsetzt, daß er sich im ersten Moment nicht einmal rühren konnte. Im zweiten Moment tat er etwas sehr Vernünftiges. Er sah sich um. Und dann zersprang ihm vor Erleichterung fast das Herz. Es war nur eine Katze, die ihn da berührt hatte.

Es war zu dunkel, und Shasta konnte sie nicht genau sehen. Ihm fiel nur auf, daß sie groß war und einen majestätischen Eindruck machte. Sie sah aus, als hätte sie lange Jahre ganz allein zwischen den Gräbern verbracht. Ihre Augen sahen so aus, als wäre sie im Besitz von Geheimnissen, die sie nicht preisgeben wollte.

„Miezekatze", sagte Shasta. „Ich nehme an, du bist keine sprechende Katze – oder etwa doch?"

Die Katze schaute ihn noch durchdringender an als zuvor. Dann setzte sie sich in Bewegung. Shasta ging hinterher. Sie führte ihn zwischen den Gräbern hindurch und hinaus in die Wüste. Dort setzte sie sich, den Schwanz um die Füße gerollt, kerzengerade hin, das Gesicht zur Wüste gewandt, in die Richtung, in der Narnia und der Norden lagen. Sie saß so regungslos, als hielte sie Ausschau nach einem Feind. Shasta legte sich neben sie, schmiegte sich mit dem Rücken an sie und wandte das Gesicht zu den Gräbern. Schon bald schlummerte er ein, doch selbst in seinen Träumen sorgte er sich noch, was wohl mit Bree, Aravis und Hwin geschehen sein mochte.

Plötzlich ließ ihn ein fremdartiger Laut hochfahren. Zugleich sah er, daß die Katze verschwunden war. Das erschreckte ihn noch mehr. Aber er schloß die Augen wieder und blieb ganz still liegen. Er wußte, wenn er sich aufsetzte und die Gräber und die Einsamkeit sah, würde seine Angst noch größer. Aber dann hörte er es wieder – es war ein rauher, durchdringender Schrei, der aus der Wüste kam. Jetzt setzte er sich auf und öffnete die Augen.

Der Mond schien strahlend hell. Die Gräber waren viel größer und lagen viel näher, als er gedacht hatte. Jetzt im

Mondlicht waren sie ganz grau. Sie wirkten wie riesige Menschen, die ihre Köpfe und Gesichter unter einer grauen Robe verhüllten. Aber der Schrei war aus der anderen Richtung, von der Wüste her, gekommen. Shasta wandte den Gräbern den Rücken zu und schaute auf die weite Sandfläche hinaus. Wieder erklang der wilde Schrei.

Hoffentlich nicht schon wieder Löwen, dachte er. Es klang eigentlich gar nicht wie das Gebrüll der Löwen, das er in jener Nacht gehört hatte, als sie auf Hwin und Aravis gestoßen waren. Es waren die Schreie eines Schakals. Aber das wußte Shasta nicht.

Die Schreie wiederholten sich immer öfter und immer lauter. Es ist nicht nur einer – was immer es auch sein mag, dachte Shasta. Und sie kommen näher.

Vielleicht wäre es vernünftiger, zwischen den Gräbern hindurch hinunter zum Fluß und zu den Häusern zu gehen? Dort wagten sich wilde Tiere vermutlich nicht hin. Aber da waren ja die Dämonen … Vielleicht war das ja lächerlich, aber lieber nahm es Shasta mit den wilden Tieren auf. Doch schließlich, als die Schreie immer näher und näher kamen, überlegte er es sich anders.

Er wollte gerade losrennen, als zwischen ihm und der Wüste plötzlich ein riesiges Tier auftauchte. Dahinter stand der Mond, und so wirkte es kohlrabenschwarz. Shasta wußte nicht, was für ein Tier das war. Er sah nur, daß es einen riesigen, struppigen Kopf und vier Beine hatte. Es schien Shasta nicht entdeckt zu haben, denn es blieb unvermittelt stehen und wandte den Kopf zur Wüste. Dann brüllte es, daß es aus den Gräbern widerhallte und der Sand unter Shastas Füßen zu erbeben schien. Die Schreie der anderen Tiere verstummten, und Shasta vermeinte ein leises Wegtapsen zu hören. Nun wandte sich das riesige Tier zu Shasta und blickte ihn an.

Es ist ein Löwe. Ganz bestimmt ist es ein Löwe, dachte Shasta. Oooh ... Und er schloß fest die Augen und preßte die Zähne aufeinander.

Aber er spürte keine Zähne und keine Tatzen. Er merkte nur, wie sich etwas Warmes zu seinen Füßen niederlegte. Und als er die Augen öffnete, sagte er zu sich: Ich will verdammt sein! Es ist längst nicht so groß, wie ich meinte! Es ist nur halb so groß! Nein, nicht einmal das! Meine Güte! Es ist nur die Katze!! Ich muß geträumt haben, als ich vorhin meinte, es sei so groß wie ein Pferd.

Ob er nun wirklich geträumt hatte oder nicht – was da zu seinen Füßen lag und ihn mit großen, grünen Augen ohne zu blinzeln anstarrte und ihn völlig verwirrte, war die Katze. Immerhin war es die größte Katze, die er jemals gesehen hatte.

„O Mieze!“ keuchte Shasta. „Ich bin so froh, daß du wieder da bist. Ich hatte so schreckliche Träume.“ Und sofort legte er sich wieder Rücken an Rücken mit der Katze, so wie zuvor, bei Einbruch der Dunkelheit. Er spürte, wie sich die Wärme des Katzenkörpers in seinem ganzen Körper ausbreitete.

Als er am nächsten Morgen erwachte, war die Katze verschwunden. Die Sonne war schon aufgegangen, und der Sand war heiß. Shasta, der furchtbar durstig war, setzte sich auf und rieb sich die Augen. Die Wüste war blendend weiß, und abgesehen von dem leisen Murmeln, das von der Stadt herüberklang, war alles still. Wenn er den Kopf ein wenig nach Westen wandte, damit ihm nicht die Sonne in die Augen fiel, konnte er jenseits der Wüste so klar und deutlich die Berge sehen, als wären sie nur einen Steinwurf entfernt. Eine blaue, zweigeteilte Spitze fiel ihm besonders auf. Das mußte der Berg Pire sein. Nach dem, was der Rabe gesagt hat, ist das die Richtung, die wir einschlagen müssen, dachte er. Das will ich mir gleich markieren, damit wir keine Zeit verlieren, wenn die anderen auftauchen. Also zeichnete er mit dem Fuß einen deutlichen Strich in den Sand, der genau auf den Berg Pire wies.

Nun mußte er sich erst einmal etwas zu trinken und zu essen besorgen. Shasta trottete zwischen den Gräbern hindurch. Jetzt sahen sie ganz normal aus, und er fragte sich, warum er jemals Angst davor gehabt hatte. Dann ging er hinunter zu den Gärten am Fluß. Ein paar Leute waren unterwegs, aber es waren nicht sehr viele, denn die Stadttore standen schon seit Stunden offen, und die meisten waren schon früh morgens angekommen und in der Stadt verschwunden. So fiel es Shasta nicht schwer, einen „Beutezug" zu starten, wie Bree es nannte. Dafür mußte er allerdings erst eine Gartenmauer überklettern. Er kam mit drei Orangen, einer Melone, ein paar Feigen und einem Granatapfel zurück. Danach ging er ein Stück weit von der Brücke entfernt hinunter zum Flußufer. Dort trank er sich satt. Das Wasser war so angenehm, daß er seine schmutzigen Kleider auszog und ein Bad nahm. Shasta hatte ja sein ganzes Leben am Meer verbracht, und so konnte er schon schwimmen, als er kaum noch richtig gehen konnte. Als er aus dem Wasser kam, legte er sich ins Gras und schaute über das Wasser hinweg auf die prächtige, wehrhafte Stadt Tashbaan hinüber. Doch nun fielen ihm auch wieder die Gefahren ein, die in dieser Stadt lauerten. Plötzlich kam ihm der Gedanke, die anderen könnten vielleicht in der Zwischenzeit bei den Gräbern angekommen sein. Und dann sind sie höchstwahrscheinlich ohne mich weitergezogen, dachte er. In Windeseile zog er sich an und rannte so schnell zurück, daß er völlig verschwitzt und durstig bei den Gräbern ankam. Das erfrischende Bad war umsonst gewesen.

Wie das meistens so ist, wenn man allein auf jemanden wartet, schien dieser Tag nicht enden zu wollen. Shasta hatte natürlich viel zu überlegen, aber wenn man mutterseelenallein dasitzt und nachdenkt, vergeht die Zeit überhaupt nicht. Die Narnianen und vor allem Corin spukten ihm dauernd im Kopf herum. Was mochte wohl geschehen sein, als sie entdeckt hatten, daß der Junge auf dem Sofa, der ihre geheimsten Pläne mit angehört hatte, gar nicht Corin war? Wenn er daran dachte, daß ihn all diese netten Leute für einen Verräter hielten, wurde ihm ganz mulmig.

Aber als die Sonne langsam zum Zenit wanderte und sich dann allmählich nach Westen senkte, als keiner kam und als überhaupt nichts passierte, da bekam er es mit der Angst. Und jetzt fiel ihm auch ein, daß sie nicht vereinbart hatten, wie lange sie bei den Gräbern aufeinander warten wollten. Er konnte ja schließlich nicht ewig hierbleiben! Bald würde es wieder dunkel werden, und dann erwartete ihn wieder eine Nacht wie die letzte. Dutzende von Plänen gingen ihm im Kopf herum, doch keiner taugte etwas. Zuletzt entschloß er sich für den unangenehmsten Plan von allen. Er wollte bis zum Einbruch der Dunkelheit warten und dann zum Fluß hinuntergehen und so viele Melonen stehlen, wie er nur tragen konnte. Dann wollte er sich allein auf den Weg zum Berg Pire machen und sich dabei auf den Richtungspfeil verlassen, den er heute morgen in den Sand gezeichnet hatte. Es war ein verrückter Einfall, und wenn er so viele Bücher über Reisen durch die Wüste gelesen hätte wie ihr, wäre ihm das nie in den Sinn gekommen. Aber Shasta hatte noch kein einziges Buch gelesen.

Doch schließlich, noch bevor die Sonne unterging, passierte etwas. Shasta saß im Schatten eines Grabes, als er zwei Pferde auf sich zukommen sah. Sein Herz machte einen Satz, denn es waren tatsächlich Bree und Hwin. Doch gleich darauf sank ihm das Herz wieder. Aravis war nirgends zu sehen. Die Pferde wurden von einem fremden Mann geführt.

Er war bewaffnet und trug sehr schöne Kleider. Bree und Hwin sahen nicht mehr wie Packpferde aus – sie trugen jetzt wieder Sattel und Zaumzeug. Was das wohl bedeuten mochte? Es ist sicher eine Falle, dachte Shasta. Irgend jemand hat Aravis geschnappt. Man hat sie vielleicht gefoltert, und sie hat alles verraten. Sie wollen mich hervorlocken, und dann schnappen sie mich auch! Aber andererseits – wenn ich hierbleibe, dann verscherze ich mir vielleicht die einzige Gelegenheit, die anderen jemals zu treffen! Oh, wenn ich nur wüßte, was geschehen ist! Er versteckte sich hinter dem Grab, lugte alle paar Minuten dahinter hervor und zermarterte sich den Kopf, was er tun sollte.

ARAVIS IN TASHBAAN

Und das war geschehen. Als Aravis sah, wie Shasta von den Narnianen weggeführt wurde, und als es ihr klar wurde, daß sie mit den beiden Pferden, die klugerweise kein Wort sagten, allein war, da verlor sie nicht eine einzige Sekunde lang den Kopf. Sie packte Brees Strick und blieb stehen. Das Herz schlug ihr bis zum Hals, doch sie ließ sich nichts anmerken. Als die Herren aus Narnia vorübergegangen waren, wollte sie sich wieder in Bewegung setzen. Doch noch bevor sie den ersten Schritt gemacht hatte, tauchte schon wieder ein Ausrufer auf. „Macht Platz, macht Platz! Macht Platz für die Tarkheena Lasaraleen!“ Gleich hinter dem Ausrufer gingen vier bewaffnete Sklaven, und dahinter kamen vier Träger mit einer Sänfte, an der seidene Vorhänge flatterten und silberne Glöckchen klirrten. In der ganzen Straße roch es plötzlich nach duftenden Ölen und nach Blumen. Hinter der Sänfte gingen Sklavinnen in herrlichen Gewändern, dahinter folgten Diener, Laufburschen, Pagen und alle möglichen anderen Bediensteten. Und da machte Aravis ihren ersten Fehler.

Sie kannte Lasaraleen sehr gut – es war fast, als wären sie zusammen zur Schule gegangen, denn sie hatten oft die gleichen Häuser und die gleichen Feste besucht. Aravis konnte nicht anders – sie mußte einfach wissen, wie Lasaraleen jetzt, wo sie verheiratet war und zu den allerbesten Kreisen gehörte, wohl aussehen mochte.

Das wurde ihr zum Verhängnis. Die Augen der beiden Mädchen trafen sich. Lasaraleen setzte sich sofort auf und rief laut:

„Aravis! Was machst du denn hier? Dein Vater …"

Keine Sekunde war zu verlieren. Aravis ließ die Pferde los, hielt sich am Rand der Sänfte fest, schwang sich zu Lasaraleen hinauf und flüsterte ihr aufgeregt ins Ohr: „Sei still! Hörst du? Kein Wort mehr. Du mußt mich verstecken! Sag deinen Leuten …"

„Aber Liebling …", protestierte Lasaraleen lautstark. Es machte ihr gar nichts aus, daß die Leute starrten. Es war ihr sogar ganz recht.

„Tu, was ich dir sage, oder ich rede nie mehr ein Wort mit dir!" zischte Aravis. „Rasch, bitte rasch, Las. Es ist schrecklich wichtig. Sag deinen Leuten, sie sollen die beiden Pferde mitnehmen. Dann mußt du die Vorhänge schließen, und wir müssen irgendwohin, wo man mich nicht findet. Beeil dich!"

„Na gut, Liebling", sagte Lasaraleen träge. „He! Nehmt die beiden Pferde der Tarkheena mit", befahl sie den Sklaven. „Und bringt uns nach Hause. Liebes, sollen wir an einem solchen Tag wie heute wirklich die Vorhänge schließen? Ich finde …"

Aber Aravis hatte die Vorhänge schon zugezogen. Die Sänfte hatte sich jetzt in ein duftendes, aber ziemlich stickiges, zeltartiges Gebilde verwandelt.

„Ich darf nicht gesehen werden", sagte Aravis. „Mein Vater weiß nicht, daß ich hier bin. Ich bin fortgelaufen."

„Wie aufregend, meine Liebe", entgegnete Lasaraleen. „Ich kann es kaum erwarten, daß du mir alles erzählst. Liebling, du sitzt auf meinem Kleid. Gib acht. So ist es besser. Das Kleid ist neu. Gefällt es dir? Ich habe es bei …"

„O Las, sei ernst!“ bat Aravis. „Wo ist mein Vater?“

„Wußtest du das nicht?“ fragte Lasaraleen. „Er ist hier in der Stadt. Er kam gestern, und er fragt überall nach dir. Und dabei bist du hier bei mir, und er hat keine Ahnung! So etwas Komisches habe ich noch nie gehört.“ Sie begann zu kichern. Sie hatte schon immer gern gekichert, erinnerte sich Aravis.

„Es ist überhaupt nicht komisch!“ protestierte sie. „Es ist schrecklich ernst. Wo kannst du mich verstecken?“

„Das ist ganz einfach, mein liebes Kind“, sagte Lasaraleen. „Ich nehme dich mit nach Hause. Mein Gatte ist fort, und keiner wird dich sehen. Puh! Es macht keinen Spaß, wenn die Vorhänge zu sind. Ich will die Leute sehen. Es ist völlig witzlos, ein neues Kleid anzuziehen, wenn es keiner sieht.“

„Ich hoffe, es hat dich keiner gehört, als du vorhin so laut geschrien hast“, sagte Aravis.

„Nein, nein, natürlich nicht, Liebling“, entgegnete Lasaraleen geistesabwesend. „Aber du hast mir noch nicht gesagt, was du von meinem Kleid hältst.“

„Noch etwas“, fuhr Aravis fort. „Du mußt deinen Leuten sagen, sie sollen diese beiden Pferde mit Respekt behandeln. Das gehört zu meiner Geschichte. Es sind nämlich sprechende Pferde aus Narnia.“

„Na so was!“ sagte Lasaraleen. „Wie aufregend! Oh, Liebling, hast du die Königin von Narnia gesehen? Sie ist zur Zeit in Tashbaan. Man sagt, Prinz Rabadash sei furchtbar in sie verliebt. In den letzten zwei Wochen fanden die herrlichsten Feste und Jagden und alles mögliche statt. Ich selbst finde sie ja nicht so hübsch. Aber ein paar von den narnianischen Männern sehen phantastisch aus. Ich war vorgestern bei einem Fest auf dem Fluß, und ich trug mein ...“

„Wie können wir verhindern, daß deine Leute herumerzählen, daß du eine Besucherin hast, die angezogen ist wie die Tochter eines Bettlers? Sonst erfährt es vielleicht noch mein Vater."

„Reg dich bloß nicht auf, meine Liebe", sagte Lasaraleen. „Wir werden dir gleich ordentliche Kleider besorgen. So, wir sind da."

Die Träger waren stehengeblieben und ließen die Sänfte herab. Als die Vorhänge zurückgezogen waren, sah Aravis, daß sie sich in einem gartenartigen Innenhof befand. Er sah fast genauso aus wie der, in den man in einem anderen Teil der Stadt ein paar Minuten zuvor Shasta gebracht hatte. Lasaraleen wollte sofort ins Haus gehen, aber Aravis flehte sie an, sie solle den Sklaven befehlen, kein Wort über die seltsame Besucherin ihrer Herrin zu verlieren.

„Tut mir leid, Liebling, das hatte ich vollkommen vergessen", sagte Lasaraleen. „He. Hört her! Du auch, Türsteher! Keiner verläßt mir heute das Haus. Jeder, den ich dabei erwische, wie er über diese junge Dame redet, wird zu Tode geprügelt. Dann wird er bei lebendigem Leibe verbrannt und anschließend sechs Wochen lang bei Wasser und Brot eingesperrt. Verstanden?"

Obwohl Lasaraleen gesagt hatte, sie könne es kaum erwarten, daß Aravis ihr alles erzählte, zeigte sie jetzt keinerlei Interesse. In Wirklichkeit redete sie viel lieber selbst, als zuzuhören. Sie bestand darauf, daß Aravis ein ausgiebiges Bad nahm. Dann gingen sie erst einmal daran, die Kleider für Aravis auszuwählen. Aravis wurde fast wahnsinnig bei dem Theater, das Lasaraleen dabei aufführte. Doch nach dem Essen, das hauptsächlich aus Sahne, Götterspeise, Früchten und Eiscreme bestand, setzten sie sich in eine wunderschöne Säulenhalle, die Aravis viel besser gefallen hätte, wäre nicht Lasaraleens verzogenes Äffchen überall herumgeklettert. Nun fragte Lasaraleen schließlich, warum Aravis von zu Hause fortgelaufen sei.

Als Aravis ihre Geschichte beendet hatte, meinte Lasaraleen: „Aber Liebling, warum heiratest du denn diesen Ahoshta Tarkaan nicht? Alle finden ihn ganz wunderbar. Er wurde eben zum Großwesir ernannt, jetzt wo der alte Axartha tot ist. Wußtest du das nicht?“

„Das ist mir egal. Ich kann seinen Anblick nicht ertragen“, erklärte Aravis.

„Aber Liebling, stell dir nur vor: er hat drei Paläste, und einer davon ist dieser herrlich schöne Palast unten am See in Ilkeen.“

„Was mich betrifft, so kann er seine Paläste behalten“, sagte Aravis.

„Du warst schon immer ein komisches Mädchen, Aravis“, sagte Lasaraleen. „Was willst du eigentlich noch mehr?“

Doch schließlich gelang es Aravis, ihre Freundin zu überzeugen, daß es ihr ernst war. Sie schmiedeten sogar Pläne. Es war kein Problem, die beiden Pferde zum Nordtor hinaus und zu den Gräbern zu bringen. Keiner würde einen gutgekleideten Pferdeknecht, der ein Streitroß und eine Stute mit Damensattel zum Fluß hinunterführte, anhalten und ausfragen, und Lasaraleen hatte viele Pferdeknechte, die sie schicken konnte. Aber was Aravis selbst betraf, so war das Ganze nicht so einfach. Aravis schlug vor, man könne sie ja in der Sänfte hinter geschlossenen Vorhängen hinaustragen. Aber Lasaraleen erklärte, Sänften benutze man nur in der Stadt. Der Anblick einer Sänfte, die zum Stadttor hinausgetragen wird, müsse einfach auffallen.

Doch schließlich klatschte Lasaraleen in die Hände und rief: „Oh, da fällt mir etwas ein. Es gibt noch einen Weg aus der Stadt hinaus, wenn man nicht das Stadttor benutzen will. Der Garten des Tisroc – möge er ewig leben – führt bis zum Wasser hinunter. Dort gibt es eine kleine Tür. Sie ist natürlich nur für die Leute bestimmt, die im Palast wohnen – aber weißt du", und nun kicherte sie wieder, „wir gehören ja fast zum Palast. Du hast Glück gehabt, daß du ausgerechnet mich getroffen hast. Der liebe Tisroc (möge er ewig leben!) ist *so* nett. Wir werden fast jeden Tag in den Palast gebeten, und wir sind dort beinah wie zu Hause. Ich liebe all die Prinzen und die Prinzessinnen, und von Prinz Rabadash bin ich völlig hingerissen. Ich habe jederzeit, bei Tag und Nacht, Zutritt zum Palast. Warum sollte ich also nicht im Dunkeln mit dir hineingehen und dich unten am Wasser zur Tür hinauslassen? Dort sind immer ein paar Kähne angebunden. Und selbst wenn wir erwischt werden ..."

„Dann wäre alles verloren", sagte Aravis. Aber sie wußte auch keine bessere Lösung. „Ja. Wir müssen es riskieren. Wann können wir aufbrechen?"

„Oh, nicht heute abend", erklärte Lasaraleen. „Auf keinen Fall. Heute abend findet ein großes Fest statt – ich muß mir jetzt gleich die Haare frisieren lassen –, und da ist im Palast alles taghell erleuchtet. Eine Unmenge von Leuten wird dasein! Wir müssen bis morgen abend warten."

Das waren schlechte Nachrichten; aber Aravis war gezwungen, das Beste daraus zu machen. Der Nachmittag zog sich endlos lange hin. Aravis war sehr erleichtert, als Lasaraleen sich endlich auf den Weg zu dem Fest machte. Aravis hatte genug von ihrem Gekicher und Geplapper. Sie legte sich früh zu Bett. Es war wunderschön, wieder mit Kissen und Laken zu schlafen.

Doch auch der nächste Tag wollte kein Ende nehmen. Lasaraleen fing immer wieder von vorne an und erklärte Aravis, Narnia sei ständig von Schnee und Eis bedeckt und von Dämonen und Zauberern bewohnt. Sie fand, Aravis sei einfach verrückt, ausgerechnet nach Narnia zu wollen. „Und dann auch noch mit einem Bauernjungen!" schalt Lasaraleen.

Auch Aravis hatte viel darüber nachgedacht und war zu dem Schluß gekommen, eine Reise mit Shasta müsse eigentlich mehr Spaß machen als das Leben der Reichen in Tashbaan. Deshalb entgegnete sie: „Du vergißt, daß auch ich ein Niemand sein werde, wenn wir in Narnia ankommen – genau wie er. Außerdem habe ich es versprochen."

„Wenn ich mir vorstelle", sagte Lasaraleen, die fast weinte, „daß du die Frau eines Großwesirs sein könntest, wenn du nur vernünftig wärst!"

Aravis ging nach draußen, um sich in Ruhe mit den Pferden zu unterhalten. „Kurz vor Sonnenuntergang bringt euch ein Pferdeknecht zu den Gräbern", erklärte sie. „Aber jetzt ist Schluß mit den Packgäulen. Ihr werdet wieder gezäumt und gesattelt. Hwins Satteltaschen müssen mit Lebensmitteln vollgepackt werden, und du, Bree, du mußt eine gefüllte Wasserhaut tragen. Der Mann ist angewiesen, dafür zu sorgen, daß ihr euch jenseits der Brücke satt trinken könnt."

„Und dann auf nach Narnia und in den Norden!" flüsterte Bree. „Aber was machen wir, wenn Shasta nicht bei den Gräbern ist?"

„Dann warten wir natürlich", meinte Aravis. „Ich hoffe, ihr hattet es schön gemütlich."

„Ich stand bisher noch nie in einem Stall", erklärte Bree. „Und falls der Gatte deiner albernen Freundin seinen ersten Pferdeknecht dafür bezahlt, den besten Hafer zu besorgen, dann wird er von dem Mann meiner Meinung nach betrogen."

Aravis und Lasaraleen nahmen ihr Abendessen in der Säulenhalle ein.

Etwa zwei Stunden später waren sie bereit zum Aufbruch. Aravis war gekleidet wie ein höhergestelltes Sklavenmädchen einer reichen Familie. Vor dem Gesicht trug sie einen Schleier. Falls man sie unterwegs befragen sollte, hatten sie vereinbart, daß Lasaraleen sagen sollte, Aravis sei eine Sklavin, die sie einer der Prinzessinnen zum Geschenk machen wollte.

Die beiden Mädchen machten sich zu Fuß auf den Weg, und schon nach ein paar Minuten waren sie an den Palasttoren angekommen. Hier standen natürlich Soldaten und hielten Wache, doch der Offizier kannte Lasaraleen gut und befahl seinen Männern, strammzustehen und zu salutieren. Rasch gingen die beiden durch die Halle des schwarzen Marmors und weiter durch die Halle der Säulen, die Halle der Statuen und die Kolonnaden, vorbei an den großen, gehämmerten Kupfertoren des Thronsaales. All das, was sie im Dämmerlicht der Lampen erkennen konnten, war so überaus prächtig, daß man es gar nicht beschreiben kann.

Gleich darauf traten sie in den Garten, der sich über unzählige Terrassen hinabsenkte. Sie durchquerten ihn und gingen hinüber zum alten Palast. Es war inzwischen fast dunkel geworden, und jetzt fanden sie sich in einem Gewirr von Gängen wieder, die nur von den spärlichen, an der Wand befestigten Fackeln beleuchtet waren. An einer Stelle, wo man sowohl nach links als auch nach rechts gehen konnte, blieb Lasaraleen stehen.

„Geh weiter!" flüsterte Aravis, die schreckliches Herzklopfen hatte, weil sie immer noch befürchtete, sie könne an der nächsten Ecke auf ihren Vater stoßen.

„Ich frage mich …", sagte Lasaraleen. „Ich bin nicht ganz sicher, wie wir hier gehen müssen. Ich glaube, wir müssen nach links. Ja, ich bin fast sicher. Oh, das macht Spaß!"

Sie wandten sich nach links in einen kaum beleuchteten Gang, der kurz danach auf steinerne Stufen mündete, die abwärts führten.

„Wir sind richtig", sagte Lasaraleen. „Jetzt weiß ich es wieder. An diese Stufen erinnere ich mich." Doch in diesem

Augenblick tauchte vor ihnen ein Licht auf, das sich bewegte. Eine Sekunde später waren zwei Männer zu erkennen, die mit langen, brennenden Kerzen einen königlichen Zug anführten. Aravis spürte, wie Lasaraleen nach ihrem Arm griff – so fest, daß es weh tat. Aravis wunderte sich, daß Lasaraleen solche Angst hatte, wo der Tisroc doch angeblich so gut Freund mit ihr war. Aber zum Nachdenken blieb ihr keine Zeit.

„Da ist eine Tür“, flüsterte Lasaraleen. „Rasch!“

Sie schlüpften hinein und schlossen die Tür vorsichtig hinter sich. Es war stockdunkel. Aravis konnte am Atmen ihrer Freundin hören, daß diese vor Angst außer sich war.

„Tash möge uns beschützen!“ flüsterte Lasaraleen. „Was sollen wir nur tun, wenn er hier hereinkommt? Wo können wir uns verstecken?“

Unter ihren Füßen spürten sie einen weichen Teppich. Sie tasteten sich weiter in den Raum hinein. Plötzlich stießen sie gegen ein Sofa.

„Komm, wir verstecken uns dahinter“, flüsterte Lasaraleen. „Oh, wären wir nur nicht hierhergekommen!“

Zwischen dem Sofa und der mit Vorhängen bespannten Wand war ein wenig Platz. So gut es ging, kauerten sie sich nebeneinander hin. Der eigene Atem erschien ihnen schrecklich laut, doch sonst war nichts zu hören.

„Meinst du, wir sind hier sicher?“ flüsterte Aravis so leise wie möglich.

„Ich – ich – glaube schon“, flüsterte Lasaraleen zurück. „Meine armen Nerven …“ Und nun geschah etwas Schreckliches. Die Tür öffnete sich. Und dann wurde es hell. Und weil Lasaraleen soviel Platz brauchte, daß Aravis schon mehr neben als hinter dem Sofa hockte, mußte sie alles mit ansehen.

Zuerst kamen die beiden Sklaven herein. Sie stellten sich mit den Kerzen in der Hand zu beiden Seiten des Sofas auf.

Das war gut so, denn jetzt, wo ein Sklave vor ihr stand und Aravis zwischen seinen Fersen hindurchlugte, konnte man sie nicht mehr so gut sehen. Dann kam ein alter, sehr fetter Mann mit einer komischen spitzen Kappe. Daran erkannte Aravis, daß es der Tisroc sein mußte. Der unscheinbarste unter den Juwelen, die er trug, war mehr wert als alle Kleider und Waffen der narnianischen Edelleute zusammen genommen. Aber er war so fett und mit so vielen Fransen, Falten, Troddeln, Knöpfen, Quasten und Anhängern geschmückt, daß Aravis sich überlegte, um wieviel hübscher doch die narnianische Mode war. Hinter ihm kam ein großer junger Mann mit einem federn- und juwelengeschmückten Turban auf dem Kopf und einem Krummsäbel an der Seite, der in einer Perlmuttscheide steckte. Er schien sehr aufgeregt zu sein, und seine Augen und seine Zähne blitzten gefährlich im Licht der Kerzen. Als letzter kam ein kleiner, buckliger, runzliger alter Mann. Mit Schaudern stellte Aravis fest, daß es Ahoshta Tarkaan war, der eben ernannte Großwesir, dem sie vermählt werden sollte.

Als sich die Tür hinter den drei Männern geschlossen hatte, setzte sich der Tisroc mit einem zufriedenen Seufzer auf das Sofa. Der junge Mann blieb vor ihm stehen, und der Großwesir ließ sich auf Knie und Ellbogen sinken und verbeugte sich, bis sein Gesicht platt auf dem Teppich lag.

IM HAUSE DES TISROC

O-mein-Vater-O-du-meine-Augenweide", begann der junge Mann. Er leierte es so schnell und lustlos herunter, daß es ganz und gar nicht so klang, als sei der Tisroc wirklich eine Augenweide für ihn. „Mögest du ewig leben, aber du hast mich zutiefst ins Elend gestürzt. Hättest du mir gleich heute morgen, als ich sah, daß das Schiff dieser verdammten Barbaren nicht mehr da war, deine schnellsten Galeeren gegeben, dann hätte ich sie vielleicht noch eingeholt. Statt dessen hast du mir eingeredet, ich solle erst ausfindig machen lassen, ob sie nicht nur einen besseren Ankerplatz angesteuert haben. Und nun haben wir den ganzen Tag vergeudet. Sie sind weg – weg sind sie! Diese falsche Katze, diese …" Und nun bedachte er Königin Suse mit einer Reihe übelster Schimpfnamen. Dieser junge Mann war niemand anders als Prinz Rabadash.

„Beruhige dich, mein Sohn", sagte der Tisroc. „Die Abfahrt von Gästen schlägt eine Wunde, die im Herzen eines ehrwürdigen Gastgebers rasch verheilt."

„Aber ich *will* sie!" rief der Prinz. „Ich muß sie haben! Ich werde sterben, wenn ich sie nicht bekomme, selbst wenn sie die falsche, stolze, hartherzige Tochter einer Hündin ist! Ich kann nicht schlafen, das Essen schmeckt mir nicht mehr, und meine Augen sind geblendet von ihrer

Schönheit. Ich muß diese Königin der Barbaren mein eigen nennen."

„Ein begabter Poet hat so schön gesagt", bemerkte der Wesir und hob sein leicht angestaubtes Gesicht vom Teppich, „daß nur ein großer Schluck aus der Quelle der Weisheit die Flamme der jugendlichen Liebe löschen kann."

Dem Prinzen schien dieser Ausspruch zu mißfallen. „Schwachkopf!" rief er und versetzte dem Wesir einen gutgezielten Tritt in den Hintern. „Wage es nicht, mir die Poeten zu zitieren. Ich habe mir heute den ganzen Tag über Sprüche anhören müssen, und ich habe genug davon!"

Der Tisroc war in Gedanken versunken, aber jetzt wandte er sich wieder dem Prinzen zu und sagte ruhig: „Mein Sohn, es steht dir nicht an, den ehrwürdigen, erleuchteten Wesir zu treten: denn so, wie teure Juwelen auch dann ihren Wert behalten, wenn sie auf einem Misthaufen liegen, so muß man dem Alter und der Verschwiegenheit Respekt zollen, auch wenn es sich um einen armen Narren wie diesen handelt. Laß ihn also, und teil mir deine Wünsche und deine Vorschläge mit."

„Ich wünsche und schlage vor, o mein Vater", sagte Rabadash, „daß du sofort deine unbesiegbaren Streitkräfte aufstellst und das dreimal verfluchte Land Narnia einnimmst, es mit Feuer und Schwert dem Erdboden gleichmachst, es deinem unendlich großen Reich zuordnest und den König und dessen ganze Familie ausrottest, mit Ausnahme von Königin Suse. Ich muß sie zur Frau haben. Doch zuerst will ich ihr eine Lehre erteilen."

„Verstehe, o mein Sohn", sagte der Tisroc, „daß mich keines deiner Worte dazu bringen wird, einen offenen Krieg gegen Narnia zu führen."

„Wärst du nicht mein Vater, o ewiglebender Tisroc", sagte der Prinz zähneknirschend, „dann würde ich sagen, dies seien die Worte eines Feiglings."

„Und wärst du nicht mein Sohn, o du hitzköpfiger Rabadash“, entgegnete sein Vater, „dann dauerte nach diesen Worten dein Leben nur kurz und dein Tod lang.“ Aravis gerann beim Klang seiner kühlen, unbeteiligten Stimme das Blut in den Adern.

„Aber warum, o mein Vater“, sagte der Prinz nun respektvoller, „warum sollten wir zögern, Narnia zu bestrafen? Deine kleinste Provinz ist viermal so groß wie Narnia. Tausend Speere hätten es innerhalb von fünf Wochen eingenommen. Es ist ein häßlicher Fleck an den Grenzen deines Reiches.“

„Zweifellos“, bekannte der Tisroc. „Diese kleinen Barbarenländer, die sich frei nennen – was gleichbedeutend ist mit faul, undiszipliniert und unrentabel –, sind den Göttern und allen Scharfsinnigen ein Dorn im Auge.“

„Warum hast du es dann geduldet, daß ein Land wie Narnia so lange unabhängig bleibt?“

„Wisset, o weiser Prinz“, sagte der Großwesir, „daß bis zu dem Jahre, in dem Euer erhabener Vater seine gnadenbringende und immerwährende Regierung antrat, das Land Narnia unter ewigem Eis und Schnee begraben lag und von der mächtigsten aller Zauberinnen regiert wurde.“

„Das weiß ich sehr wohl, o mein geschwätziger Wesir“, antwortete der Prinz. „Aber ich weiß ebenfalls, daß die Zauberin tot ist. Schnee und Eis sind verschwunden, und nun ist Narnia ein äußerst fruchtbares und überaus schönes Land.“

„Und dieser Wandel, o hochgebildeter Prinz, wurde zweifellos von den mächtigen Zaubersprüchen dieser Bösewichte heraufbeschworen, die sich jetzt Könige und Königinnen von Narnia nennen.“

„Ich glaube eher“, widersprach Rabadash, „daß es durch Veränderungen im Stand der Sterne und durch natürliche Ursachen zu diesem Wandel kam.“

„All das“, sagte der Tisroc, „ist eine Frage, die unsere gelehrten Männer beantworten müssen. Ich glaube nicht, daß eine solche Verwandlung und der Tod der alten Zauberin ohne Zuhilfenahme eines starken Zaubers herbeigeführt wurden. Und auf solche Dinge muß man gefaßt sein in jenem Land, in dem Dämonen in der Gestalt von Tieren leben, die wie Menschen sprechen können, und Ungeheuer, halb Mensch, halb Tier. Es wird berichtet, der Höchste König von Narnia – die Strafe der Götter möge ihn treffen – habe einen Dämon von schrecklichem Anblick und unwiderstehlicher Boshaftigkeit zur Seite, der in der Gestalt eines Löwen auftritt. Deshalb ist es ein unsicheres Unternehmen, Narnia anzugreifen, und ich strecke nicht meine Hand so weit aus, daß ich sie nicht mehr zurückziehen kann.“

„Wie begnadet ist doch Kalormen“, sagte der Wesir und hob wieder den Kopf, „denn den Göttern hat es gefallen, seinem Herrscher Vorsicht und Umsicht zu schenken. Aber wie der unwiderlegbare und kluge Tisroc gesagt hat, ist es sehr traurig, daß wir die Hände von so einem köstlichen Brocken wie Narnia lassen müssen. Gepriesen sei der Poet, der sagte ...“ Aber an diesem Punkt sah Ahoshta, daß die Fußspitze des Prinzen ungeduldig zuckte, und brach ab.

„Es ist ein Jammer“, sagte der Tisroc mit seiner tiefen, ruhigen Stimme. „Jeden Morgen verdunkelt sich die Sonne vor meinen Augen, und des Nachts ist mein Schlaf ruhelos, weil ich daran denken muß, daß Narnia noch immer frei ist.“

„O mein Vater“, sagte Rabadash. „Und wenn ich dir einen Weg zeige, wie du deinen Arm ausstrecken und unbeschadet wieder zurückziehen kannst, falls der Versuch, Narnia einzunehmen, fehlschlagen sollte?“

„Wenn du mir so einen Weg zeigen kannst, Rabadash", sagte der Tisroc, „dann bist du der beste meiner Söhne."

„Höre denn, o Vater. Noch heute abend werde ich zweihundert berittene Männer aufbieten und mit ihnen durch die Wüste reiten. Und alle werden meinen, du wüßtest nichts von meinem Vorhaben. Am zweiten Morgen werde ich vor den Toren von König Lunes Schloß Anvard in Archenland stehen. Sie sind mit uns im Frieden und nicht auf einen Angriff vorbereitet, und somit werde ich Anvard einnehmen, bevor sie sich versehen. Dann reite ich über den Paß nach Narnia hinein bis Feeneden. König Peter wird nicht anwesend sein. Als ich ihn verließ, bereitete er gerade einen Feldzug gegen die Riesen an seiner Nordgrenze vor. Vermutlich werden wir Feeneden mit offenen Toren vorfinden. Ich werde Vorsicht und Rücksicht walten lassen und so wenig narnianisches Blut wie irgend möglich vergießen. Dann brauche ich nur noch zu warten, bis die *Kristallpracht* mit Königin Suse an Bord anlegt, mir mein ausgeflogenes Vögelchen zu schnappen, es in meinen Sattel zu setzen und zurück nach Anvard zu reiten."

„Aber ist es nicht wahrscheinlich, mein Sohn", sagte der Tisroc, „daß einer von euch beiden – du oder König Edmund – dabei das Leben lassen muß?"

„Es ist eine kleine Gruppe", erklärte Rabadash, „und ich werde zehn meiner Männer anweisen, König Edmund zu entwaffnen und zu fesseln; ich werde mich in meinem Rachedurst bezähmen, damit es keinen Grund für einen tödlichen Krieg zwischen dir und König Peter gibt."

„Und was machst du, wenn die *Kristallpracht* vor euch in Feeneden eintrifft?"

„Das ist bei diesen Winden nicht zu erwarten, mein Vater."

„Eines muß ich noch wissen, mein Sohn", sagte der Tisroc. „Du hast erklärt, wie du diese Frau gefangennehmen willst, aber nicht, inwiefern mir diese deine Tat bei der Eroberung Narnias helfen kann."

„O mein Vater, sollte es dir entgangen sein, daß wir zwar schnell wie der Pfeil nach Narnia hinein und wieder herausreiten, daß wir aber Anvard für immer besetzen werden? Wenn du Anvard hältst, sitzt du an den Toren Narnias, und dann kannst du deine Truppen allmählich vergrößern, bis sie zu einer großen Streitmacht geworden sind."

„Du sprichst mit Verstand und Voraussicht. Aber wie kann ich meinen Arm zurückziehen, wenn all deine Pläne fehlschlagen?"

„Dann wirst du sagen, ich hätte diesen Feldzug ohne dein Wissen, gegen deinen Willen und ohne deinen Segen unternommen, gefangen in meiner heftigen Liebe und dem Ungestüm meiner Jugend."

„Was aber geschieht, wenn König Peter die Rückgabe seiner Schwester verlangt?"

„O mein Vater, sei versichert, daß er das nicht tun wird. Denn auch wenn Königin Suse aus einer Laune heraus diese Heirat zurückgewiesen hat, so ist doch König Peter ein vorsichtiger und einsichtsvoller Mann, der die hohe Ehre und die Vorteile einer Allianz mit unserem Haus nicht aufs Spiel setzen wird, zumal sein Neffe und sein Großneffe eines Tages auf diesem Thron sitzen werden."

„Dazu wird es nicht kommen, solange ich lebe, was sicherlich auch deinem Wunsch entspricht", sagte der Tisroc mit einer Stimme, die trockener klang als gewöhnlich.

„Im übrigen, o mein Vater, o meine Augenweide", sagte der Prinz nach einem Augenblick unbehaglichen Schweigens, „wir werden im Namen der Königin Briefe schreiben, in denen steht, daß sie mich liebt und nicht nach Narnia zurückkehren will. Denn es ist wohlbekannt, daß Frauen so wankelmütig sind wie die Wetterhähne. Selbst wenn die Narnianen den Briefen keinen vollen Glauben schenken, werden sie es nicht wagen, bewaffnet nach Tashbaan zu kommen, um die Königin mit Gewalt zu holen."

„O erleuchteter Wesir", sagte der Tisroc. „Schenke uns deine Weisheit, was diesen eigenwilligen Vorschlag betrifft."

„O ewiglebender Tisroc", antwortete Ahoshta. „Die Macht der väterlichen Liebe ist mir nicht unbekannt, und ich habe oft gehört, daß Söhne in den Augen ihrer Väter mehr gelten als Juwelen. Wie könnte ich es deshalb wagen, Euch meine Meinung in einer Angelegenheit kundzutun, die das Leben dieses erhabenen Prinzen in Gefahr bringen könnte?"

„Du wirst es ohne Zweifel wagen", entgegnete der Tisroc. „Denn du wirst feststellen, daß du mindestens genausoviel riskierst, wenn du es nicht wagst."

„Euer Wille sei mir Befehl", stöhnte der Unglückliche. „Wisset denn, o überaus verständiger Tisroc, daß die Gefahr, die dem Prinzen droht, nicht so groß ist, wie es vielleicht scheinen mag. Denn die Götter haben den Barbaren die Tugend der Besonnenheit vorenthalten. Deshalb wird ihnen nichts bewundernswerter erscheinen als dieses verrückte Unternehmen des – Autsch!" Der Prinz hatte ihm bei dem Wort „verrückt" wieder einen Tritt versetzt.

„Hör auf, mein Sohn", befahl der Tisroc. „Und du, geschätzter Wesir, du solltest dich in deinem Wortfluß keinesfalls unterbrechen lassen, ob mein Sohn nun aufhört oder nicht. Denn nichts steht einem Mann von Anstand und Würde besser zu Gesicht, als kleinere Unannehmlichkeiten standhaft zu ertragen."

„Euer Wille sei mir Befehl", sagte der Wesir. Er rutschte ein wenig zur Seite, um sein Hinterteil aus der Reichweite von Prinz Rabadashs großem Zeh zu entfernen. „Nichts wird in ihren Augen so verzeihlich – ja vielleicht sogar ehrwürdig – erscheinen wie dieser – eh – waghalsige Versuch.

Vor allem, da er aus Liebe zu einer Frau unternommen wird. Wenn der Prinz deshalb das Pech haben sollte, in ihre Hände zu fallen, würden sie ihn ganz gewiß nicht töten. Nein, selbst wenn es ihm nicht gelänge, die Königin zu entführen, wäre es sogar möglich, daß sie ihm ihr Herz zuwendet, wenn sie seinen großen Mut und seine Leidenschaft sieht."

„Ein gutes Argument, altes Schwatzmaul", sagte Rabadash. „Sehr gut, wie es in deinem häßlichen Kopf auch immer entstanden sein mag."

„Das Lob meiner Vorgesetzten ist mir eine große Freude", sagte Ahoshta. „Zweitens, o Tisroc, dessen Herrschaft nie ein Ende nehmen darf und wird; ich glaube, daß es mit Hilfe der Götter sehr wahrscheinlich ist, daß Anvard in die Hände des Prinzen fallen wird. Und dann ist Narnia so gut wie unser."

Lange Zeit sagte keiner etwas. Es war so still, daß die beiden Mädchen kaum zu atmen wagten. Schließlich sprach der Tisroc.

„Geh, mein Sohn", sagte er. „Und tue, wie du gesagt hast. Aber von mir darfst du keine Hilfe und keine Unterstützung erwarten. Ich werde dich nicht rächen, falls du getötet wirst, und ich werde dich nicht befreien, falls dich die Barbaren in den Kerker sperren. Aber Mißerfolg oder Erfolg – solltest du einen Tropfen mehr des königlichen narnianischen Blutes vergießen, als unbedingt nötig, und sollte daraus ein offener Krieg erwachsen, dann wirst du meine Gunst für immer verlieren, und dein nächster Bruder wird deinen Platz in Kalormen einnehmen. Jetzt geh. Handle rasch, handle im geheimen und sei erfolgreich. Möge die Stärke Tashs, des Unerbittlichen und Unwiderstehlichen, in deinem Schwert und in deiner Lanze stecken."

„Dein Wille sei mir Befehl", rief Rabadash, und nachdem er sich rasch hingekniet und seines Vaters Hand geküßt hatte, eilte er aus dem Zimmer. Zum Schrecken von Aravis, die inzwischen völlig steif geworden war, blieben der Tisroc und der Wesir zurück.

„O Wesir", sagte der Tisroc. „Ist es gewiß, daß keine Seele von dieser Unterredung weiß, die wir drei heute abend hier abhielten?"

„O mein Herr", entgegnete Ahoshta. „Es ist unmöglich, daß jemand davon erfahren hat. Genau aus diesem Grunde habe ich den Vorschlag gemacht – dem Ihr in Eurer unfehlbaren Weisheit zugestimmt habt –, uns hier im alten Palast zu treffen, wo nie ein Rat abgehalten wird. Kein Mitglied Eures königlichen Hofes hätte je Grund hierherzukommen."

„Das ist gut so", sagte der Tisroc. „Wüßte irgend jemand davon, so sorgte ich dafür, daß er getötet wird, noch bevor eine Stunde verstrichen ist. Auch du, mein vorsichtiger Wesir, solltest diese Unterredung vergessen."

„Euer Wille sei mir Befehl", sagte Ahoshta.

„Deshalb wirst du nicht einmal im Innersten deines Herzens denken, ich sei der hartherzigste aller Väter, der seinem Erstgeborenen einen Auftrag erteilt, der ihn wahrscheinlich das Leben kosten wird, obwohl du natürlich darüber entzückt sein wirst, da du den Prinzen nicht liebst. Ich sehe nämlich bis ins Innerste deiner Seele."

„O unfehlbarer Tisroc", sagte der Wesir. „Im Vergleich zu Euch liebe ich weder den Prinzen noch mich selbst, noch Brot noch Wasser noch das Licht der Sonne."

„Deine Gefühle", entgegnete der Tisroc, „sind erhaben und richtig. Auch ich liebe diese Dinge längst nicht so sehr wie die Pracht und die Herrlichkeit meines Thrones. Wenn der Prinz Erfolg hat, bekommen wir Archenland und vielleicht auch noch Narnia. Mißlingt sein Vorhaben, so habe ich noch achtzehn weitere Söhne, und nach der Art der königlichen Erstgeborenen wurde Rabadash langsam gefährlich.

Mehr als fünf Tisrocs in Tashbaan sind vor ihrer Zeit gestorben, weil ihre ältesten Söhne – erleuchtete Prinzen – es müde waren, auf den Thron zu warten. Soll er sich lieber in der Fremde das Blut kühlen, als hier in Untätigkeit zu verbrennen. Und nun, o ausgezeichneter Wesir, das Übermaß meiner väterlichen Sorge hat mich müde gemacht. Befiehl die Musiker zu meinem Zimmer. Aber bevor du dich zur Ruhe begibst, solltest du die Begnadigung aufheben, die wir für den dritten Koch erlassen haben. Ich fühle offenkundige Anzeichen einer Verdauungsstörung."

„Euer Wille sei mir Befehl", sagte der Großwesir. Er stand auf, verneigte sich und ging hinaus. Der Tisroc blieb noch immer auf dem Sofa sitzen, so daß Aravis schon befürchtete, er sei eingeschlafen. Doch schließlich erhob er seinen massigen Körper mit lautem Seufzen und knackenden Gelenken, bedeutete den Sklaven, mit den Kerzen vorauszugehen, und verließ das Zimmer. Hinter ihm schloß sich die Tür. Jetzt war es wieder stockdunkel, und die beiden Mädchen konnten aufatmen.

DURCH DIE WÜSTE

Wie schrecklich!" wimmerte Lasaraleen. „Oh, Liebling, ich habe solche Angst. Ich zittere am ganzen Leib. Fühl nur!"

„Komm!" sagte Aravis, die ebenfalls zitterte. „Sie sind zum neuen Palast zurückgegangen. Wenn wir erst einmal dieses Zimmer verlassen haben, sind wir in Sicherheit. Aber wir haben furchtbar viel Zeit verloren. Du mußt mich so schnell wie möglich zu der Wassertür hinunterbringen."

„Liebling, das meinst du doch wohl nicht ernst!" protestierte Lasaraleen. „Ich kann nicht – jetzt nicht. Meine armen Nerven. Wir müssen noch ein Weilchen hierbleiben. Dann gehen wir zurück."

„Warum zurück?" fragte Aravis.

„Ach, du verstehst nicht. Du hast kein Mitleid mit mir", jammerte Lasaraleen und begann zu weinen.

Aravis faßte den Entschluß, daß jetzt nicht der richtige Augenblick war, Mitleid zu zeigen. „Hör mal!" Sie packte Lasaraleen und schüttelte sie. „Wenn du noch einmal sagst, du wollest zurückgehen, und wenn du mich jetzt nicht sofort zu diesem Tor am Wasser bringst – weißt du, was ich dann tun werde? Dann renne ich auf den Gang hinaus und schreie. Und in diesem Fall erwischen sie uns alle beide."

„Aber dann b-b-bringen sie uns um!“ jammerte Lasaraleen. „Hast du nicht gehört, was der Tisroc – möge er ewig leben – gesagt hat?“

„Doch. Aber lieber lasse ich mich umbringen, als diesen Ahoshta zu heiraten. Also komm jetzt.“

Schließlich mußte Lasaraleen nachgeben. Sie ging voraus die Stufen hinunter, dann durch einen weiteren Gang und hinaus ins Freie. Jetzt standen sie im Palastgarten, der sich auf vielen Terrassen bis hinunter zur Stadtmauer erstreckte. Der Mond schien strahlend hell. Leider hatte Aravis – wie das bei Abenteuern meistens so ist – zuviel Angst und zuwenig Zeit, um die Schönheit dieses Ortes richtig zu genießen. So gewann sie nur einen verschwommenen Eindruck von grauen Rasenflächen, leise glucksenden Springbrunnen und den langen schwarzen Schatten der Zypressen. Daran erinnerte sie sich aber noch Jahre später.

Als sie ganz unten angekommen waren und die Stadtmauer finster vor ihnen aufragte, zitterte Lasaraleen so sehr, daß es ihr nicht gelang, den Riegel des Tores zu öffnen. Also machte ihn Aravis selbst auf. Vor ihr lag endlich der Fluß, in dem sich das Mondlicht spiegelte. Ein kleiner Anlegesteg und mehrere Ruderboote waren zu erkennen.

„Leb wohl“, sagte Aravis. „Und vielen Dank. Tut mir leid, daß ich ein solches Biest war. Aber bedenke nur, wovor ich fliehe!“

„O Aravis, Liebling“, entgegnete Lasaraleen. „Willst du es dir nicht noch einmal überlegen? Jetzt, wo du gesehen hast, was für ein mächtiger Mann dieser Ahoshta ist?“

„Ein mächtiger Mann?“ sagte Aravis. „Ein gräßlicher Speichellecker ist er, der demjenigen noch schmeichelt, der ihn tritt, und sich dann hinterrücks rächt, indem er diesen entsetzlichen Tisroc anstachelt, den Tod seines Sohnes zu planen. Pfui Teufel! Lieber heirate ich den Küchenjungen meines Vaters!“

„O Aravis, Aravis! Wie kannst du nur so schreckliche Sachen sagen – und dann auch noch über den Tisroc – möge er ewig leben –, der doch ohne Fehl und Tadel ist!“

„Leb wohl!“ sagte Aravis. „Ich fand deine Kleider wunderschön. Und dein Haus auch. Dein Leben wird sicher prächtig verlaufen – aber mir würde es nicht gefallen. Schließ das Tor leise hinter mir!“

Sie riß sich aus der liebevollen Umarmung ihrer Freundin, sprang in einen Kahn, legte ab und war schon einen Augenblick später in der Mitte des Flusses angelangt. Über ihr stand der riesige Mond, und weit, weit darunter im Wasser lag sein Ebenbild. Die Luft war frisch und kühl, und als sie sich dem anderen Ufer näherte, hörte sie den Ruf einer Eule. Ah! Das ist besser! dachte Aravis. Sie hatte immer auf dem Land gelebt, und jede Sekunde, die sie in Tashbaan verbracht hatte, war ihr zuwider gewesen.

Als sie an Land trat, war es um sie herum stockdunkel, weil die Bäume und die Böschung das Mondlicht abschirmten. Doch es gelang ihr, den gleichen Weg zu finden, den auch Shasta eingeschlagen hatte. So kam sie wie er an die Stelle, wo das Gras aufhörte und der Sand anfing. Wie er sah sie zu ihrer Linken die großen, schwarzen Gräber. Jetzt verließ sie der Mut, obwohl sie so ein tapferes Mädchen war. Angenommen, die anderen waren nicht da! Angenommen, die Dämonen erwarteten sie? Aber dann reckte sie das Kinn vor, streckte die Zungenspitze heraus und ging geradewegs auf die Gräber zu.

Doch noch bevor sie dort angekommen war, sah sie schon Bree, Hwin und den Pferdeknecht.

„Du kannst jetzt zu deiner Herrin zurückkehren“, sagte Aravis, die ganz vergessen hatte, daß das ja erst am nächsten

Morgen möglich war, wenn die Stadttore wieder geöffnet wurden. „Hier ist etwas Geld für deine Mühe."

„Euer Wille sei mir Befehl", sagte der Pferdeknecht und machte sich mit erstaunlicher Geschwindigkeit auf den Weg zur Stadt. Man brauchte ihm nicht zu sagen, er solle sich beeilen: auch er hatte sich Gedanken über die Dämonen gemacht.

Die nächsten paar Sekunden war Aravis damit beschäftigt, Hwin und Bree auf die Nase zu küssen und am Nacken zu tätscheln, geradeso, als wären die beiden ganz gewöhnliche Pferde.

„Da kommt Shasta! Dem Löwen sei gedankt!" rief Bree.

Aravis sah sich um – und tatsächlich, da war Shasta, der gleich aus seinem Versteck gekrochen war, als er den Pferdeknecht weggehen sah.

„Nun dürfen wir keine Zeit mehr verlieren", erklärte Aravis. Rasch erzählte sie von Prinz Rabadashs Plänen.

„Verräterische Hunde!" empörte sich Bree, schüttelte die Mähne und stampfte mit dem Huf. „Ein hinterhältiger Angriff in Friedenszeiten, ohne jegliche Herausforderung! Aber wir werden ihm den Hafer versalzen. Wir werden vor ihm dort sein."

„Werden wir das schaffen?" fragte Aravis, während sie sich auf Hwins Rücken schwang.

„Broooh-hooh!" schnaubte Bree. „Hinauf mit dir, Shasta! Ob wir das schaffen? Natürlich! Und noch dazu mit einem schönen Vorsprung!"

„Rabadash sagte, er wolle gleich aufbrechen", sagte Aravis.

„Das ist Menschengeschwätz", entgegnete Bree. „Man kann keine zweihundert Mann in so kurzer Zeit mit Wasser, Lebensmitteln und Waffen versorgen und zweihundert Pferde satteln. So: in welche Richtung müssen wir reiten? Direkt nach Norden?"

„Nein“, meinte Shasta. „Ich kenne die Richtung. Ich habe sie markiert. Erklären werde ich es euch später. Wir müssen uns ein wenig nach links halten. Ach ja, da ist der Pfeil!“

„So“, sagte Bree. „Einen Tag und eine Nacht lang zu galoppieren, wie es in Büchern steht, ist unmöglich. Wir müssen rasch traben und immer wieder ein kleines Stück im Schritt gehen. Und währenddessen steigt ihr beiden ab und geht nebenher. So, bist du bereit, Hwin? Auf geht's nach Narnia und in den Norden!“

Zuerst war der Ritt ganz herrlich. Die Nacht war inzwischen so weit fortgeschritten, daß der Sand die Hitze weitgehend abgegeben hatte, die er während des Tages speicherte. Die Luft war kühl, frisch und klar. So weit sie sehen konnten, schimmerte der Sand im Mondlicht wie eine glatte Wasseroberfläche oder wie ein großes, silbernes Tablett. Abgesehen vom Hufschlag der beiden Pferde war nichts zu hören. Shasta wäre fast eingeschlafen, hätte er nicht von Zeit zu Zeit absteigen und zu Fuß gehen müssen.

So vergingen Stunden, bis schließlich der Mond untergegangen war. Dann ritten sie endlos lange in völliger Dunkelheit dahin. Schließlich war es soweit, daß Shasta plötzlich Brees Nacken und Kopf etwas deutlicher vor sich sehen konnte; und ganz allmählich tauchte um ihn herum die graue Ebene aus der Dunkelheit auf. Alles sah vollkommen leblos aus, es schien fast wie eine tote Welt zu sein. Shasta war schrecklich müde, er fror, und seine Lippen waren ausgetrocknet. Die ganze Zeit über hörte man das Knarren des Leders, das Klirren der Beschläge und das Klappern der Hufe.

Schließlich sah Shasta weit zu seiner Rechten tief am Horizont einen langen schmalen Streifen in einem helleren Grau. Dann schimmerte es rot. Endlich brach der Morgen an, doch kein einziger Vogel war zu hören, um ihn zu begrüßen. Shasta war froh, daß er von Zeit zu Zeit zu Fuß gehen mußte, denn er fror erbärmlich.

Dann ging plötzlich die Sonne auf, und in einem einzigen Augenblick veränderte sich alles. Der graue Sand färbte sich gelb und glitzerte, als wäre er mit Diamanten übersät. Shasta, Hwin, Bree und Aravis warfen lange Schatten, die neben ihnen herjagten. Weit in der Ferne glitzerte die doppelte Spitze des Berges Pire in der Sonne. Shasta sah, daß sie ein wenig vom Weg abgekommen waren. „Wir müssen uns etwas links halten!" rief er. Als sie zurückschauten, entdeckten sie zu ihrer großen Freude, daß Tashbaan schon weit hinter ihnen lag. Die Gräber waren nicht mehr zu sehen; sie verloren sich in den zackigen Konturen, die von der Stadt des Tisroc übriggeblieben waren. Alle fühlten sich besser.

Aber nicht lange. Obwohl Tashbaan weit in der Ferne lag, als sie das erste Mal zurückschauten, schien sich die Entfernung nicht zu vergrößern. Shasta gab es auf, sich umzusehen, denn dadurch hatte er lediglich das Gefühl, sie kämen überhaupt nicht vom Fleck. Jetzt wurde auch das grelle Licht der Sonne unangenehm. Das Gleißen des Sandes schmerzte Shasta in den Augen, doch er wußte, daß er sie nicht schließen durfte. Er mußte sie zusammenkneifen und den Berg Pire im Auge behalten, um die Richtung nicht zu verlieren.

Dann kam die Hitze. Als Shasta wieder einmal absteigen und zu Fuß gehen mußte, schlug ihm, als er von Bree heruntерglitt, die Hitze des Sandes wie aus der offenen Tür eines Backofens entgegen. Beim nächsten Mal war es noch schlimmer. Und beim dritten Mal schrie er vor Schmerz auf, als seine nackten Füße auf dem Sand auftrafen. In Windeseile saß er wieder im Sattel.

„Tut mir leid, Bree", keuchte er. „Ich kann nicht zu Fuß gehen. Der Sand verbrennt mir die Füße."

„Natürlich“, schnaufte Bree. „Darauf hätte ich selbst kommen müssen. Da kann man nichts machen – dann bleibst du eben sitzen.“

Zum Unterschied von Shasta hatte Aravis Schuhe an und konnte schon hin und wieder ein kleines Stück neben Hwin herlaufen.

So ging es weiter: Trab und Schritt und wieder Trab. Es roch nach erhitzten Pferdeleibern und erhitzten Menschenkörpern. Die Sonne gleißte und machte ihnen Kopfschmerzen. Und das blieb so, Meile für Meile. Und Tashbaan schien sich noch immer nicht weiter entfernt zu haben.

Schließlich veränderte sich die Landschaft. Eine langgestreckte Felsengruppe ragte plötzlich vor ihnen aus dem Sand auf. Die Sonne stand inzwischen hoch am Himmel, und die Felsen warfen nur winzig kleine Schatten. Dort drängten sie sich jetzt zusammen, aßen ein bißchen und tranken ein wenig Wasser. Keiner konnte sich auch nur annähernd satt trinken. Alle schwiegen. Die Pferde waren von Schaum bedeckt. Ihr Atem rasselte. Die Kinder waren bleich.

Nach einer kurzen Rast machten sie sich wieder auf den Weg. Das Sonnenlicht war noch genauso grell, der Sand ebenso heiß wie zuvor. So ritten sie wieder Stunde um Stunde, bis ihre Schatten schließlich nach rechts wanderten und immer länger und länger wurden, so lang, man hätte meinen können, sie reichten bis zum östlichen Ende der Welt. Allmählich näherte sich die Sonne dem westlichen Horizont. Endlich war sie untergegangen, die gnadenlose Helligkeit war verschwunden. Doch die Hitze, die vom Sand aufstieg, verflüchtigte sich noch lange nicht. Vier Augenpaare hielten wachsam Ausschau nach dem Tal, von dem Patschfuß der Rabe gesprochen hatte. Aber sie legten Meile um Meile zurück, und noch immer war außer Sand nichts zu sehen. Jetzt war es endgültig dunkel geworden, die Sterne standen schon am Himmel, die Pferde trabten immer noch dahin, und die Kinder, denen vor Durst und Müdigkeit ganz elend war, bewegten sich noch immer im Sattel auf und nieder. Erst als der Mond aufgegangen war, rief Shasta mit rauher Stimme: „Da ist es!"

Jetzt gab es keinen Zweifel mehr. Vor ihnen, ein Stück zu ihrer Rechten, war ein von Felsenwänden gesäumter Hang zu sehen, der abwärts führte. Die Pferde waren viel zu müde, um etwas zu sagen. Sie hielten darauf zu, und wenige Minuten später ritten sie in die Felsenschlucht hinein. Zuerst war es da drinnen zwischen den Felsenwänden fast noch unangenehmer als draußen in der offenen Wüste, denn es war schrecklich stickig und stockdunkel. Es ging steil nach unten, und die Felsen zu beiden Seiten ragten immer höher empor. Dann tauchten die ersten Pflanzen auf. Da gab es stachelige, kakteenartige Gewächse und rauhes Gras, an dem man sich die Finger zerstach. Bald darauf hatten die Pferde nicht mehr Sand, sondern Kieselsteine unter den Hufen. Hinter jeder Wegbiegung – und derer gab es viele in diesem Tal – hielten sie angestrengt nach Wasser Ausschau. Die Pferde waren fast am Ende ihrer Kraft, Hwin stolperte und lief japsend hinter Bree her. Alle waren völlig erschöpft, als sie endlich an einem kleinen Schlammloch und einem winzigen Wasserrinnsal ankamen, das sich durch weicheres und sattigeres Gras schlängelte. Nach und nach wurde das Rinnsal zu einem Bächlein und das Bächlein zu einem Bach, an dessen Ufern zu beiden Seiten Büsche wuchsen. Dann wurde aus dem Bach ein Fluß. Endlich, nach all den vielen Enttäuschungen, glitt Shasta, der mehr oder weniger gedöst hatte, von Brees Rücken. Vor ihnen ergoß sich ein kleiner Wasserfall in einen großen Teich. Beide Pferde standen schon im Wasser und tranken, was das Zeug hielt.

„O-o-oh!" sagte Shasta und hüpfte ebenfalls ins Wasser, das ihm bis zu den Knien ging. Er hielt den Kopf unter den Wasserfall. Das war vermutlich der glücklichste Augenblick seines Lebens.

Nach langer Zeit kletterten die beiden tropfnassen Kinder und die Pferde aus dem Wasser und blickten um sich. Der Mond stand inzwischen so hoch, daß sie ein Stück weit ins Tal hineinsehen konnten. Auf beiden Seiten des Flusses wuchs weiches Gras, und dahinter, bis zum Fuß der Felsen hinauf, standen Bäume und Büsche. Irgendwo im schattigen Unterholz mußten irgendwelche Blumen blühen, denn die ganze Lichtung war von einem sanften und unendlich lieblichen Duft erfüllt. Im dunkelsten Schlupfwinkel unter den Bäumen sang eine Nachtigall.

Alle waren viel zu müde zum Reden oder zum Essen. Ohne darauf zu warten, daß man ihnen den Sattel abnahm, legten sich die Pferde nieder. Aravis und Shasta taten es ihnen nach.

Ein Weilchen später sagte die vernünftige Hwin: „Aber wir dürfen nicht einschlafen! Wir dürfen uns nicht von diesem Rabadash einholen lassen."

„Nein", brummte Bree träge. „Wir dürfen nicht schlafen. Nur eine kleine Rast."

Shasta wußte, daß sie alle einschlafen würden, wenn er nicht aufstand und etwas unternahm. Er faßte den Entschluß, aufzustehen und die anderen davon zu überzeugen, daß sie weitermußten. Aber noch nicht gleich, nur noch ein kleines Weilchen …

Und während der Mond auf sie herabschien und die Nachtigall sang, waren die beiden Pferde und die beiden Menschenkinder fest eingeschlafen.

Aravis wachte als erste auf. Die Sonne stand schon hoch am Himmel, und die kühlen Morgenstunden waren schon verstrichen. Es ist meine Schuld! sagte sie sich wütend, während sie aufsprang und die anderen weckte. Von Pferden kann man nach einem solchen Ritt nicht verlangen, daß sie wach bleiben, auch wenn sie sprechen können. Und von dem Jungen natürlich auch nicht; er hat ja keine vernünftige Erziehung genossen. Aber ich hätte es besser wissen müssen.

Die anderen waren noch benommen vom tiefen Schlaf und konnten kaum denken.

„Hei-ho-broo-hoo“, sagte Bree. „Ich habe mit meinem Sattel geschlafen, was? Das mache ich nie wieder. Das ist sehr ungemütlich …“

„Los, beeilt euch!“ befahl Aravis. „Der halbe Vormittag ist schon vorbei. Wir dürfen keine Sekunde mehr verlieren.“

„Also ich brauche erst mal ein Maulvoll Gras“, sagte Bree.

„Ich fürchte, dafür ist keine Zeit“, wandte Aravis ein.

„Warum denn diese Eile?“ fragte Bree. „Wir haben die Wüste durchquert, oder etwa nicht?“

„Aber wir sind noch nicht in Archenland“, sagte Aravis. „Wir müssen vor Rabadash dort ankommen.“

„Ach was, wir müssen meilenweit vor ihm sein“, sagte Bree. „Wir haben doch einen kürzeren Weg genommen. Hat dieser Rabe nicht gesagt, es sei eine Abkürzung, Shasta?“

„Er hat nicht gesagt, der Weg sei *kürzer*“, antwortete Shasta. „Er hat nur gesagt, er sei *besser*, weil er an einem Fluß entlangführt. Wenn die Oase genau nördlich von Tashbaan liegt, dann war unser Weg vermutlich länger, fürchte ich.“

„Also ohne Frühstück kann ich nicht weiter“, sagte Bree. „Nimm mein Zaumzeug ab, Shasta.“

„Ach b-bitte“, sagte Hwin schüchtern. „Ich habe genau wie Bree das Gefühl, nicht weiterzukönnen. Aber ich m-meine – sollten wir uns jetzt, wo wir frei sind, nicht noch mehr anstrengen? Es ist alles für Narnia.“

„Ich glaube, meine Dame“, sagte Bree vernichtend, „daß ich über Feldzüge und Gewaltmärsche und darüber, was ein Pferd aushält, ein klein wenig mehr weiß als du.“

Darauf wußte Hwin keine Antwort.

Also mußten sie warten, bis Bree einen Imbiß zu sich genommen und getrunken hatte. Auch Hwin und die Kinder aßen etwas und tranken sich satt. Es war schon fast elf Uhr, als sie sich wieder auf den Weg machten.

Das Tal mit dem braunen, kühlen Fluß, dem Gras, dem Moos, den wilden Blumen und den Rhododendronbüschen war so wunderschön, daß man gar nicht schnell reiten mochte.

DER EINSIEDLER

Nachdem sie einige Stunden geritten waren, weitete sich das Tal und gab den Blick nach vorne frei. Der Fluß, dem sie gefolgt waren, mündete hier in einen breiteren, wilderen Strom, der nach Osten floß. Dahinter lag eine wunderschöne, sanft bis zu den nördlichen Bergen ansteigende Hügellandschaft. Zur Rechten erhoben sich schroffe Felsen, einige davon mit schneebedeckten Gipfeln. Links sah man, so weit das Auge reichte, mit Nadelbäumen bewachsene Hänge, finstere Grate, enge Schluchten und blaue Hügelkämme. Den Berg Pire konnte Shasta nicht mehr sehen. Geradeaus sank die Bergkette zu einem bewaldeten Sattel ab. Das mußte der Paß sein, der von Archenland nach Narnia führte.

„Broo-hoo-hoo, der Norden, der grüne Norden!“ wieherte Bree. Und tatsächlich waren die niedrigen Hügel grüner als alles, was sich Aravis und Shasta je hätten vorstellen können. Und so faßten sie wieder Mut, während sie zu der Stelle hinunterritten, wo sich die beiden Flüsse trafen.

Der Fluß, der in Richtung Osten verlief und der am westlichen Ende der Bergkette von den höheren Bergen ins Tal strömte, war viel zu reißend und von so vielen Stromschnellen durchsetzt, daß nicht daran zu denken war, ihn zu durchschwimmen. Doch nachdem sie sich ein wenig umgesehen hatten, fanden sie eine Stelle, an der man ans andere

Ufer waten konnte. Das Tosen und Brausen des Wassers, die Kraft, mit der es die Fesseln der Pferde umspülte, die kühle Brise und die umherschwirrenden Libellen erfüllten Shasta mit einer eigenartigen Erregung.

„Freunde, wir sind in Archenland!“ verkündete Bree stolz, als er, um sich spritzend, am nördlichen Ufer ankam und sich schüttelte. „Ich glaube, der Fluß, den wir eben durchwatet haben, heißt Schlängelpfeil.“

„Hoffentlich kommen wir noch rechtzeitig“, murmelte Hwin.

Dann begannen sie aufwärts zu steigen. Es ging langsam voran, und oft mußten sie im Zickzack laufen, denn die Hügel waren steil. Es war ein offenes, parkähnliches Gelände, das sie gerade durchquerten. Weder Straßen noch Häuser waren zu sehen. Überall sah man vereinzelte Baumgruppen, aber es war kein richtiger Wald – dafür standen die Bäume nicht dicht genug. Shasta, der fast sein ganzes Leben in einer Gegend verbracht hatte, wo es kaum Bäume gab, hatte noch nie so viele verschiedene Baumarten gesehen und kannte nicht einmal ihre Namen. Er wußte nicht, daß das Eichen, Buchen, Silberbirken, Ebereschen und Kastanienbäume waren. Kaninchen stoben nach allen Seiten davon, als die beiden Pferde mit den Kindern näher kamen. Kurz darauf sahen sie eine Herde Damhirsche, die zwischen die Bäume flüchtete.

„Wie wunderschön es hier ist!“ sagte Aravis.

Auf dem ersten Hügelkamm wandte sich Shasta um und schaute zurück. Tashbaan war nicht mehr zu sehen. Bis zum Horizont erstreckte sich die Wüste, lediglich unterbrochen von dem schmalen grünen Streifen des Tales, durch das sie gekommen waren.

„Na so was!“ sagte Shasta plötzlich. „Was ist denn das?“

„Was meinst du?“ fragte Bree und drehte sich ebenfalls um. Auch Hwin und Aravis wandten den Kopf.

„Dort!“ Shasta zeigte ihnen, was ihm aufgefallen war. „Sieht aus wie Rauch. Ob dort wohl ein Feuer brennt?“

„Es könnte auch ein Sandsturm sein“, meinte Bree.

„Dafür ist der Wind nicht stark genug“, wandte Aravis ein.

„Oh!“ rief Hwin. „Schaut! Da glitzert etwas. Seht nur! Es sind Helme – und Rüstungen. Sie bewegen sich: sie kommen in unsere Richtung.“

„Bei Tash!“ rief Aravis. „Es sind Truppen! Das ist Rabadash!“

„Natürlich“, sagte Hwin. „Das habe ich befürchtet. Rasch! Wir müssen vor ihnen in Anvard sein!“ Ohne ein weiteres Wort wirbelte sie herum und begann nordwärts zu galoppieren. Bree warf den Kopf zurück und raste hinterher.

„Los, Bree, los!“ schrie Aravis über die Schulter zurück.

Dieser Ritt war mörderisch für die beiden Pferde. Jedesmal, wenn sie auf dem Kamm eines Hügels angekommen waren, lag ein weiteres Tal und ein weiterer Hügelkamm vor ihnen. Zwar wußten sie, daß sie ungefähr in die richtige Richtung galoppierten, aber sie hatten keine Ahnung, wie weit es bis Anvard noch sein mochte. Als sie auf der Spitze des nächsten Hügels angekommen waren, schaute Shasta noch einmal zurück. Statt der Staubwolke weit draußen in der Wüste sah er jetzt eine schwarze, sich vorwärts bewegende, ameisenähnliche Masse am jenseitigen Ufer des Schlängelpfeils. Zweifellos suchten die Soldaten nach einer Furt.

„Sie sind am Fluß!“ rief er aufgeregt.

„Beeilt euch! Beeilt euch!“ rief Aravis. „Wenn wir Anvard nicht vor ihnen erreichen, hätten wir überhaupt nicht zu kommen brauchen! Renn, Bree, renn! Denk dran, daß du ein Streitroß bist!“

Shasta dachte: Das arme Vieh tut schon, was es kann! Aber das stimmte nicht ganz. Bree hatte Hwin inzwischen eingeholt, und sie rasten Seite an Seite über das Gras. Es hatte fast den Anschein, als könne Hwin dieses Tempo nicht mehr lange durchhalten.

Ein Laut, den sie hinter sich hörten, veränderte die Situation auf einen Schlag. Es war nicht der Lärm, den sie eigentlich erwartet hatten – nämlich das Donnern der Hufe, das Klirren der Rüstungen und dazwischen vielleicht kalormenische Schlachtrufe. Shasta erkannte ihn sofort. Es war das wilde Gebrüll, das er in jener Mondnacht gehört hatte, als Hwin und Aravis zu ihnen gestoßen waren. Bree erkannte es ebenfalls. Seine Augen leuchteten rot, und er legte die Ohren flach. Jetzt merkte Bree, daß er nicht so schnell galoppiert war, wie er eigentlich konnte – längst nicht so schnell. Shasta spürte sogleich den Unterschied. Jetzt rannte Bree wirklich, als wäre der Teufel hinter ihm her. Nach ein paar Sekunden hatte er Hwin schon weit hinter sich gelassen.

Das ist nicht fair! dachte Shasta. Ich habe gemeint, wenigstens hier hätten wir Ruhe vor den Löwen!

Er schaute über die Schulter zurück und sah eine riesige, gelbbraune Kreatur, die hinter ihnen hersetzte, geduckt wie eine Katze zum Sprung.

Shasta schaute wieder geradeaus. Doch er begriff kaum, was er da sah. Vor ihnen kreuzte eine etwa zehn Fuß hohe, glatte grüne Mauer den Weg. In der Mitte dieser Mauer war ein offenes Tor. Und in diesem Tor stand ein großer Mann, der ein wallendes Gewand in der Farbe von Herbstblättern trug, das ihm bis auf die bloßen Füße hinunterfiel. Er stützte sich auf einen Stab, und sein Bart reichte ihm fast bis zu den Knien.

All das nahm Shasta mit einem Blick wahr. Dann schaute er wieder zurück. Der Löwe hatte Hwin inzwischen fast eingeholt. Er schnappte nach ihren Hinterbeinen, und in ihrem schaumbespritzten Gesicht mit den weit aufgerissenen Augen lag keine Hoffnung mehr.

„Halt an!" schrie Shasta in Brees Ohr. „Zurück. Wir müssen Hwin helfen!"

Bree sagte hinterher, er habe Shasta nicht gehört, oder zumindest habe er ihn nicht verstanden. Und da er gewöhnlich sehr wahrheitsliebend war, müssen wir ihm das wohl glauben.

Shasta nahm die Füße aus den Steigbügeln, ließ sich mit beiden Beinen auf Brees linker Seite hinuntergleiten, zögerte einen klitzekleinen, aber schrecklichen Augenblick lang und sprang dann ab. Es tat entsetzlich weh, und er bekam kaum noch Luft: aber ungeachtet des Schmerzes taumelte er zurück, um Aravis zu helfen.

Ein markerschütternder Schrei brach zwischen Hwins Lippen hervor. Aravis beugte sich tief über den Nacken der Stute, als wolle sie versuchen, das Schwert zu ziehen. Da erhob sich der Löwe auf die Hinterbeine und war nun plötzlich unvorstellbar groß. Er versetzte Aravis mit der rechten Vordertatze einen Hieb. Shasta sah, daß er seine schrecklichen Krallen ausgestreckt hatte. Aravis schrie auf und wankte. Der Löwe hatte sich in ihrer Schulter festgekrallt. Shasta verlor vor Entsetzen fast den Verstand, doch es gelang ihm, sich auf das Scheusal zu stürzen. Aber er hatte keine Waffe, nicht einmal einen Stock oder einen Stein, deshalb schrie er den Löwen an, wie man sonst vielleicht einen Hund anschreit: „Zurück da! Verschwinde!" Für den Bruchteil einer Sekunde starrte er direkt in den weitgeöffneten Rachen des wütenden Tieres. Dann ließ der Löwe zu Shastas Erstaunen plötzlich von Aravis ab, überschlug sich, kam wieder auf die Beine und rannte davon.

Shasta glaubte keine Sekunde lang, der Löwe könne endgültig verschwunden sein. Er drehte sich um und raste auf die grüne Mauer zu. Erst jetzt fiel ihm wieder ein, daß er dort ein Tor gesehen hatte. Hwin stolperte, gerade dem Zusammenbruch nahe, hinein. Aravis hielt sich noch im Sattel, aber ihr Rücken war voller Blut.

„Komm herein, meine Tochter, komm herein", sagte der bärtige Mann mit dem wallenden Gewand. „Komm herein, mein Sohn", fügte er hinzu, als Shasta angekeucht kam. Shasta hörte, wie sich hinter ihm das Tor schloß. Der bärtige Fremde half Aravis vom Pferd. Shasta sah sich um. Sie befanden sich auf einem großen, kreisrunden Gelände, eingesäumt von einer hohen Wand aus grünem Gras. Ein Teich, so voll, daß das Wasser fast auf gleicher Höhe mit der Erde stand, lag völlig unbeweglich und von Zweigen überschattet vor ihm. An einem Ende des Teiches wuchs der größte und schönste Baum, den Shasta je gesehen hatte. Hinter dem Teich stand ein kleines, niedriges Steinhaus mit einem weit heruntergezogenen, uralten Strohdach. Ein Meckern war zu hören. Auf der anderen Seite des Geländes weideten ein paar Ziegen. Überall wuchs weiches Gras.

„Seid Ihr ...", keuchte Shasta. „Seid Ihr König Lune von Archenland?"

Der alte Mann schüttelte den Kopf. „Nein", erwiderte er ruhig. „Ich bin der Einsiedler der Südmark. Und nun, mein Sohn, vergeude nicht die Zeit mit Fragen, sondern tu, was ich dir sage. Die junge Dame ist verwundet. Eure Pferde sind erschöpft. Rabadash hat eben eine Furt über den Schlängelpfeil gefunden. Wenn du jetzt losrennst, ohne auch nur einen Augenblick zu rasten, dann kommst du noch rechtzeitig, um König Lune zu warnen."

Shasta wurde ganz weich in den Knien, als er diese Worte hörte. Er hatte absolut keine Kraft mehr. Trotzdem fragte er: „Wo ist der König?"

Der Einsiedler wandte sich um und deutete mit dem Stab. „Schau!" sagte er. „Dort ist wieder ein Tor. Genau gegenüber von dem, durch das du hereingekommen bist. Öffne es und geh geradeaus: immer geradeaus, ob eben oder steil, weich oder hart, trocken oder naß. Ich weiß durch meine Kunst, daß du dort König Lune finden wirst. Aber renn, renn: bleib nicht stehn!“

Shasta nickte, rannte zum nördlichen Tor und verschwand. Nun nahm der Einsiedler Aravis, die er mit dem linken Arm gestützt hatte, und führte sie behutsam ins Haus. Lange Zeit später kam er wieder heraus.

„So, meine Neffen“, sagte er zu den Pferden. „Jetzt seid ihr dran.“

Ohne auf eine Antwort zu warten – die Pferde waren sowieso zu müde zum Reden –, nahm er ihnen Zaumzeug und Sättel ab. Dann rieb er die beiden so gut ab, daß es selbst der erste Pferdeknecht an einem königlichen Stall nicht besser gemacht hätte.

„So, meine Neffen“, sagte er. „Streicht alles aus eurem Gedächtnis, und macht es euch bequem. Hier ist Wasser, und da ist Gras. Ich werde euch einen heißen Brei bringen, sobald ich meine Ziegen gemolken habe.“

„Herr“, sagte Hwin, die endlich ihre Stimme wiedergefunden hatte. „Wird die Tarkheena am Leben bleiben? Hat der Löwe sie tödlich verletzt?“

„Ich, der ich durch meine Kunst viele Dinge weiß, die sich in der Gegenwart ereignen“, entgegnete der Einsiedler lächelnd, „habe nur geringe Kenntnis von den Dingen, die in der Zukunft liegen. Deshalb weiß ich nicht, ob auf der ganzen Welt heute abend bei Sonnenuntergang noch ein einziger Mann, eine einzige Frau oder einziges Tier am Leben ist. Aber sei guter Hoffnung. Die junge Dame wird vermutlich genauso alt werden wie jeder andere ihrer Altersgenossen.“

Als Aravis zu sich kam, entdeckte sie, daß sie in einem kühlen, kahlen Raum mit rohen Steinwänden auf einem weichen, niedrigen Bett lag. Sie verstand nicht, warum sie auf dem Bauch lag; aber als sie sich umdrehen wollte und den stechenden Schmerz am Rücken verspürte, fiel ihr alles wieder ein. Sie hatte keine Ahnung, was dieses wunderbar federnde Zeug sein mochte, aus dem ihr Lager gemacht war. Es bestand aus Heidekraut, dem allerbesten Bettzeug, doch davon hatte sie noch nie gehört.

Die Tür ging auf, und der Einsiedler kam herein. Er trug eine große hölzerne Schale in der Hand. Nachdem er diese vorsichtig abgesetzt hatte, trat er zum Bett und fragte: „Wie geht es dir, meine Tochter?“

„Mein Rücken tut sehr weh, Vater“, sagte Aravis. „Aber sonst ist alles in Ordnung.“

Er kniete sich neben sie, legte seine Hand auf ihre Stirn und fühlte ihren Puls. „Du hast kein Fieber“, sagte er. „Es geht dir gut. Es gibt wirklich keinen Grund, warum du nicht morgen wieder aufstehen solltest. Doch jetzt trink.“

Er holte die hölzerne Schale und führte sie an ihre Lippen. Aravis verzog das Gesicht, als sie den ersten Schluck genommen hatte, denn Ziegenmilch ist ein ziemlicher Schock, wenn man nicht an sie gewöhnt ist. Aber Aravis war sehr durstig, und so schaffte sie es, die Schale leerzutrinken. Danach ging es ihr schon besser.

„So, meine Tochter, du kannst jetzt schlafen, wenn du magst“, sagte der Einsiedler. „Deine Wunden sind ausgewaschen und verbunden, und obwohl sie schmerzen, sind sie doch nicht schlimmer als die Kratzer einer Katze. Das muß ein ganz eigenartiger Löwe gewesen sein; denn anstatt dich aus dem Sattel zu zerren und die Zähne in dich zu schlagen, hat er dir nur die Krallen über den Rücken gezogen. Zehn Striemen – schmerzhaft, aber weder tief noch gefährlich.“

„O je!“ rief Aravis. „Da habe ich aber Glück gehabt!“

„Tochter", sagte der Einsiedler. „Ich lebe jetzt seit einhundertundneun Jahren in dieser Welt, und so etwas wie Glück ist mir noch nie über den Weg gelaufen. An dieser Sache ist einiges, was ich nicht verstehe, aber wenn es jemals sein soll, daß wir es verstehen, dann werden wir es auch verstehen – da kannst du sicher sein."

„Und was ist mit Rabadash und seinen zweihundert berittenen Männern?" erkundigte sich Aravis.

„Sie werden vermutlich nicht hier vorbeikommen", entgegnete der Einsiedler. „Sie müssen inzwischen ein gutes Stück östlich eine Furt gefunden haben. Von dort aus werden sie geradewegs nach Anvard reiten."

„Armer Shasta!" rief Aravis. „Muß er weit gehen? Wird er es schaffen, vor ihnen anzukommen?"

„Gut möglich", sagte der alte Mann.

Aravis legte sich wieder zurück – auf die Seite diesmal – und sagte: „Habe ich lange geschlafen? Es scheint dunkel zu werden."

Der Einsiedler schaute aus dem einzigen, nach Norden gewandten Fenster. „Dies ist nicht die Dunkelheit der Nacht", sagte er nach einem Weilchen. „Die Wolken rollen vom Sturmkopf herunter. Das schlechte Wetter in dieser Gegend kommt immer von dort. Heute nacht wird dichter Nebel aufkommen."

Abgesehen von ihrem schmerzenden Rücken fühlte sich Aravis am nächsten Tag so wohl, daß ihr der Einsiedler nach dem Frühstück, das aus Hafergrütze mit Sahne bestand, die Erlaubnis zum Aufstehen gab. Natürlich ging sie gleich nach draußen, um mit den Pferden zu reden. Das Wetter hatte umgeschlagen, und das ganze Gelände war mit Sonnenlicht erfüllt, wie eine riesige grüne Tasse. Es war ein sehr friedlicher, einsamer und stiller Ort.

Hwin kam sofort angetrottet und gab Aravis einen Pferdekuß.

„Aber wo ist Bree?“ fragte Aravis, nachdem sie sich nach dem gegenseitigen Wohlbefinden erkundigt hatten.

„Da drüben“, antwortete Hwin und deutete mit der Nase zur anderen Seite des kreisrunden Geländes. „Ich wollte, du würdest mit ihm reden. Irgend etwas stimmt nicht mit ihm. Ich kann kein Wort aus ihm herauskriegen.“

Aravis schlenderte hinüber. Bree lag da mit dem Gesicht zur Mauer. Obwohl er sie gehört haben mußte, drehte er nicht einmal den Kopf zu ihr um.

„Guten Morgen, Bree“, sagte Aravis. „Wie geht es dir heute früh?“ Bree brummte etwas Unverständliches.

„Der Einsiedler meint, Shasta habe König Lune vermutlich noch rechtzeitig erreicht“, fuhr Aravis fort. „Es sieht also so aus, als hätten wir das Ganze hinter uns. Jetzt sind wir bald in Narnia, Bree!“

„Ich werde Narnia nie sehen“, sagte Bree leise.

„Geht es dir nicht gut, Bree, mein Lieber?“ erkundigte sich Aravis.

Jetzt drehte sich Bree endlich um. Er machte ein so kummervolles Gesicht, wie es das nur ein Pferd fertigbringt. „Ich werde nach Kalormen zurückkehren“, sagte er.

„Was?“ sagte Aravis. „Zurück in die Sklaverei?“

„Ja“, antwortete Bree. „Ich tauge nur für die Sklaverei. Wie kann ich den freien, narnianischen Pferden jemals ins Gesicht sehen? Ich, der ich eine Stute und ein Mädchen den Löwen zum Fraß überließ, während ich im Galopp davonjagte, um meine eigene Haut zu retten!“

„Wir sind beide um unser Leben gerannt“, sagte Hwin.

„Shasta nicht!“ schnaubte Bree. „Er ist zurückgelaufen. Und ich, der ich mich als Schlachtroß rühmte und mit meinen hundert Schlachten prahlte, ich lasse mich von einem kleinen Menschenjungen beschämen – einem Kind, einem Fohlen, das noch nie ein Schwert in der Hand hielt, nie eine

gute Erziehung genoß und dem nie jemand mit gutem Beispiel voranging!"

„Ich weiß", sagte Aravis. „Mir geht es wie dir. Shasta war wunderbar. Ich habe ihn verächtlich behandelt und auf ihn herabgeschaut, seit wir euch trafen, und jetzt stellt sich heraus, daß er der Mutigste von uns allen ist. Aber ich finde, es ist besser, du bleibst hier und entschuldigst dich, statt nach Kalormen zurückzukehren."

„Für dich mag das ja angehen", sagte Bree. „Du hast dich nicht unehrenhaft verhalten. Aber ich habe meine Ehre verloren."

„Mein liebes Pferd", sagte der Einsiedler, der sich auf dem taubenetzten Gras lautlos genähert hatte. „Mein gutes Pferd, du hast lediglich deinen Hochmut verloren. Nein, nein, mein Neffe. Es besteht kein Grund, die Ohren zurückzulegen und die Mähne gegen mich zu schütteln. Wenn du dich wirklich so gedemütigt fühlst, wie es sich vor einer Minute noch anhörte, dann mußt du lernen, deine Ohren der Vernunft zu öffnen. Du bist nicht das großartige Pferd, für das du dich hieltest, als du noch mit den armen, stummen Pferden zusammenlebtest. Natürlich warst du mutiger und klüger als *sie*. Das ist ganz natürlich. Aber deshalb bist du in Narnia noch lange nichts Besonderes. Solange du aber weißt, daß du nichts Besonderes bist, wirst du alles in allem doch ein recht annehmbares Pferd sein. Und wenn du jetzt mit deiner vierbeinigen Gefährtin nach hinten zur Küchentür kommst, dann gebe ich euch die andere Hälfte vom Brei."

DER UNWILLKOMMENE REISEGEFÄHRTE

Als Shasta durch das Tor trat, lag vor ihm ein mit Gras und vereinzelten Heidekrautbüscheln bewachsener Hang, der sich bis zu einer Baumgruppe hinaufzog. Jetzt mußte er nicht mehr überlegen, nicht mehr planen: er mußte nur noch rennen. Aber das war schon schwierig genug. Seine Beine zitterten, er bekam Seitenstechen, und der Schweiß, der ihm von der Stirn lief, brannte ihm in den Augen, so daß er kaum noch etwas sehen konnte. Seine Schritte wurden unsicher, und einige Male knickte er fast um, als er auf einen Stein trat.

Die Bäume standen inzwischen dichter als zuvor, und auf den Lichtungen wuchs Farnkraut. Die Sonne war verschwunden, doch kühler war es deshalb nicht. Der Tag war zu einem jener grauen, heißen Tage geworden, an denen scheinbar zweimal so viele Fliegen unterwegs sind wie gewöhnlich. Sie saßen überall auf Shastas Gesicht; aber er versuchte nicht, sie zu verjagen, zu sehr war er mit anderen Dingen beschäftigt.

Plötzlich hörte er ein Horn. Aber es dröhnte nicht so laut wie die Hörner in Tashbaan. Statt dessen klang es fröhlich: „Ti-ro-too-ho!“ Einen Augenblick später trat Shasta auf eine große Lichtung, auf der eine Menge Leute versammelt waren.

Zumindest kam es Shasta so vor, als wäre es eine ganze Menge. In Wirklichkeit waren es nur fünfzehn oder zwanzig – alles Edelmänner in grüner Jagdkleidung und mit Pferden. Einige saßen im Sattel, andere machten sich zum Aufsitzen bereit. In der Mitte der Gruppe wurden einem Reiter die Steigbügel seines Pferdes gehalten, damit er aufsitzen konnte. Der Mann, für den die Steigbügel gehalten wurden, war der freundlichste und dickste König, den ihr euch nur vorstellen könnt. Seine Augen funkelten verschmitzt.

Als Shasta auftauchte, gab der König sofort den Versuch auf, sein Pferd zu besteigen. Er breitete die Arme aus, strahlte Shasta an und rief mit einer kräftigen, tiefen Stimme, die von weit unten aus seiner Brust zu kommen schien: „Corin! Mein Sohn! Zu Fuß und in Lumpen! Was …"

„Nein!" keuchte Shasta und schüttelte den Kopf. „Ich bin nicht Prinz Corin. Ich – ich – weiß, daß ich ihm ähnlich sehe – ich traf Seine Hoheit in Tashbaan … er schickt Grüße."

Der König starrte Shasta mit einem seltsamen Gesichtsausdruck an.

„Seid Ihr König Lune?" stieß Shasta hervor. Ohne eine Antwort abzuwarten, fuhr er fort: „Mein König – flieht nach Anvard – schließt die Tore – der Feind nähert sich – Rabadash – mit zweihundert Pferden und Männern."

„Weißt du das gewiß, Junge?" fragte einer der anderen Edelmänner.

„Ich habe es mit eigenen Augen gesehen", erklärte Shasta. „Wir sind seit Tashbaan mit ihm um die Wette gelaufen."

„Zu Fuß?" fragte der Edelmann und hob die Augenbrauen.

„Die Pferde sind beim Einsiedler", erklärte Shasta.

„Befrage ihn nicht weiter, Darrin", gebot König Lune. „Ich sehe in seinem Gesicht, daß er die Wahrheit spricht. Wir müssen uns rasch auf den Weg machen, meine Herren. Bringt ein Pferd für den Jungen. Kannst du schnell reiten, mein Freund?"

Als Antwort schwang Shasta seinen Fuß in den Steigbügel des Pferdes, das man ihm gebracht hatte, und einen Augenblick später saß er im Sattel. Er freute sich, als er hörte, wie Lord Darrin zum König sagte: „Der Junge sitzt im Sattel wie ein wahrer Reiter. Ich möchte wetten, in seinen Adern fließt edles Blut."

„Ja – sein Blut – das ist es, wonach ich mich frage", sagte der König. Er starrte Shasta noch einmal durchdringend an, und in seinen ruhigen grauen Augen lag ein eigenartiger, fast möchte man sagen begehrlicher Ausdruck.

Jetzt galoppierten alle los. Shasta saß zwar ausgezeichnet im Sattel, aber er hatte leider keine Ahnung, was er mit den Zügeln anstellen sollte, denn die hatte er nie angerührt, während er auf Brees Rücken saß. Aber er blickte aus den Augenwinkeln heraus vorsichtig um sich, wie es die anderen machten. Er versuchte die Zügel richtig zu halten, aber er wagte es nicht, das Pferd wirklich zu lenken. Er hoffte, es möge den anderen folgen. Es war natürlich kein sprechendes Pferd, sondern ein ganz gewöhnliches. Aber es war klug genug zu merken, daß dieser komische Junge auf seinem Rükken weder Peitsche noch Sporen besaß und daß er die Situation ganz und gar nicht im Griff hatte. Deshalb fand sich Shasta schon nach kurzer Zeit ganz am Ende des Zuges wieder.

Trotzdem ging es noch immer recht schnell voran. Die Fliegen waren jetzt verschwunden, und die Luft, die Shastas Gesicht umstrich, war köstlich. Jetzt konnte er auch wieder ruhig atmen. Zum ersten Mal seit ihrer Ankunft in Tashbaan – wie lange das schon zurückzuliegen schien! – fühlte er sich wieder wohl.

Er schaute auf, ob sich die Gipfel der Berge schon genähert hatten. Doch zu seiner großen Enttäuschung konnte er sie überhaupt nicht mehr sehen: eine nebelartige graue

Wand kam auf ihn zugerollt. Er war noch nie im Gebirge gewesen, und so war er sehr überrascht. Es ist eine Wolke, sagte er sich. Eine Wolke, die zu uns herunterzieht. Ich verstehe. Hier oben in den Hügeln ist man auf gleicher Höhe mit den Wolken. Gleich werde ich sehen, wie es im Innern einer Wolke aussieht. Wie schön! Das wollte ich schon immer wissen. Weit zu seiner Linken ging eben die Sonne unter.

Inzwischen waren sie auf einem holprigen Weg angekommen, und der Ritt wurde immer schneller. Shastas Pferd galoppierte noch immer ganz hinten. Ein- oder zweimal verlor Shasta die anderen an einer Wegbiegung aus den Augen. Links und rechts war der Weg jetzt von dichtem Wald gesäumt.

Dann tauchten sie in den Nebel ein. Oder vielleicht zog der Nebel auch auf sie zu und umhüllte sie. Die Welt wurde grau. Shasta hatte sich das Innere einer Wolke nicht so kalt und naß vorgestellt – und auch nicht so dunkel.

An der Spitze des Zuges blies jemand von Zeit zu Zeit das Horn, und jedesmal schien es von weiter her zu kommen. Shasta konnte keinen der anderen mehr sehen, doch ganz bestimmt mußten sie wieder vor ihm auftauchen, sobald er um die nächste Biegung kam. Aber auch da konnte er sie nicht sehen. Ja – er sah überhaupt nichts mehr. Sein Pferd ging nun im Schritt. „Lauf, Pferd, lauf!" flehte Shasta. Gerade erklang aus weiter Ferne das Horn. Bree hatte Shasta immer befohlen, die Fersen nach außen zu drehen, und so war Shasta der Meinung, etwas ganz Schreckliches müsse passieren, sobald er dem Pferd die Fersen in die Flanken preßte. Jetzt schien die richtige Gelegenheit gekommen zu sein, das einmal auszuprobieren. „Hör mal zu, Pferd!" sagte er. „Weißt du, was ich tun werde, wenn du dich nicht zusammenreißt? Ich werde dir die Fersen in die Flanken pressen. Ja, das tu ich!" Doch das Pferd reagierte nicht auf seine

Drohung. Also setzte sich Shasta im Sattel zurecht, klammerte sich mit den Knien fest, preßte die Zähne fest aufeinander und bohrte dem Pferd die Fersen in die Flanken, so fest er nur konnte.

Ein paar Sekunden lang fiel das Pferd in eine Art Trab, doch dann lief es wieder im Schritt. Inzwischen war es ganz dunkel, und die Männer schienen es aufgegeben zu haben, das Horn zu blasen. Nur der gleichmäßige Hufschlag und das Tropfen der Zweige waren zu hören.

Na ja, auch wenn wir im Schritt gehen, werden wir irgendwann einmal irgendwo ankommen, sagte sich Shasta. Ich hoffe nur, daß ich nicht Rabadash und seinen Leuten begegne.

So trotteten sie scheinbar endlos lange im Schritt weiter. Shasta begann das Pferd zu hassen. Außerdem wurde er langsam hungrig.

Schließlich kam er zu einer Stelle, wo sich der Weg gabelte. Er überlegte noch, welcher der beiden Wege wohl nach Anvard führen mochte, als er hinter sich ein Geräusch hörte. Es war das Geräusch von trabenden Pferden, und Shasta erschrak. Das ist Rabadash! dachte er. Er hatte keine Ahnung, welchen Weg Rabadash einschlagen würde. Wenn ich in die eine Richtung gehe, sagte er sich, dann geht Rabadash ja *vielleicht* in die andere. Wenn ich aber hier an der Kreuzung stehenbleibe, dann erwischen sie mich ganz bestimmt. Also saß er ab und führte sein Pferd so rasch wie möglich nach rechts.

Das Klappern der Pferdehufe kam immer näher, und wenig später war klar, daß die Reiter an der Kreuzung angekommen waren. Shasta hielt den Atem an und wartete, welchen Weg sie einschlagen würden.

Ein leises „Halt!“ erklang; dann hörte man eine kleine Weile nur Pferdegeräusche – Schnauben, scharrende Hufe, mahlende Zähne, das Tätscheln von Pferdenacken. Dann wieder eine menschliche Stimme.

„Hört alle her! Wir sind jetzt eine Achtelmeile vom Schloß entfernt. Denkt an die Befehle, die ich euch gegeben habe. Wenn wir in Narnia ankommen – vermutlich morgen bei Sonnenaufgang –, soll so wenig Blut wie nur irgend möglich vergossen werden. Aber wir sind noch nicht in Narnia! Hier in Archenland ist die Lage anders. Bei unserem Angriff auf das Schloß von König Lune zählt nur eines: schnell muß es gehen! Das Schloß muß innerhalb einer Stunde in meiner Hand sein. Wenn dies gelingt, so sei alles dort euer. Ich beanspruche von der Beute nichts für mich. Im Namen von Tash dem Unwiderstehlichen und Unerbittlichen – vorwärts, marsch!“

Das Heer setzte sich mit lautem Hufgeklapper in Bewegung, und Shasta atmete auf. Die Männer hatten den anderen Weg eingeschlagen.

Shasta wunderte sich, wie lange es dauerte, bis alle vorübergetrabt waren. Ihm war nicht klar gewesen, wieviel zweihundert Pferde tatsächlich waren. Endlich verklang das Hufgetrappel, und nun stand er wieder allein zwischen den tropfenden Bäumen.

Nun wußte er, in welcher Richtung Anvard lag. Aber dorthin konnte er jetzt natürlich nicht mehr – wollte er nicht Rabadashs Soldaten geradewegs in die Arme laufen.

In der Hoffnung, auf eine Hütte zu stoßen, wo er um ein Nachtlager und eine Mahlzeit bitten konnte, stieg Shasta wieder aufs Pferd und ritt auf dem eingeschlagenen Weg weiter. Er hatte natürlich auch daran gedacht, zurück in die Einsiedelei zu Aravis, Bree und Hwin zu reiten, aber er hatte keine Ahnung mehr, in welcher Richtung diese lag.

Na ja, sagte sich Shasta. Irgendwo muß dieser Weg ja schließlich hinführen.

Aber vorläufig führte der Weg nur von einem Baum zum anderen, und jeder einzelne Baum war dunkel und tropfte. Auch die Luft wurde immer kälter. Ein eisiger Wind blies die Nebelschwaden an Shasta vorbei, doch der Nebel nahm deshalb nicht ab. Wenn Shasta Gebirgserfahrung gehabt hätte, wäre ihm klar geworden, daß er sich in großer Höhe befand – ja, vielleicht war er schon auf der Paßhöhe angelangt. Aber mit Bergen kannte sich Shasta nicht aus.

Da er sehr müde war, nichts im Magen hatte und weil er sich überhaupt keinen Rat mehr wußte, liefen ihm auf einmal die Tränen über die Wangen hinunter.

Doch dann geschah etwas, was seine Aufmerksamkeit voll in Anspruch nahm. Shasta bekam plötzlich einen furchtbaren Schreck. Er merkte, daß irgend jemand oder irgend etwas neben ihm herging. Es war stockdunkel, und er konnte nichts sehen. Und das Tier oder die Person ging so leise, daß er kaum die Schritte hören konnte. Aber er hörte, daß da etwas atmete. Ja, dieser unsichtbare Begleiter machte so tiefe Atemzüge, daß Shasta den Eindruck bekam, es müsse sich um ein großes Tier handeln. Und da ihm dieser Umstand erst so nach und nach aufgefallen war, hatte er keine Ahnung, wie lange die Kreatur schon neben ihm herging. Shasta erschrak ganz schrecklich.

Plötzlich fiel ihm ein, daß er vor langer Zeit gehört hatte, es gäbe Riesen hier im Norden. Er zerbiß sich vor Angst die Lippen. Aber er weinte nicht mehr.

Das Tier – oder die Person – ging so still neben ihm her, daß Shasta Hoffnung schöpfte, er habe sich das Ganze nur eingebildet. Aber gerade als er daran zu glauben begann, erklang aus der Dunkelheit neben ihm ein tiefes Seufzen. Das konnte er sich nicht eingebildet haben! Auch hatte er an seiner kalten linken Hand einen heißen Atemstoß gespürt, der den Seufzer begleitet hatte.

Wenn das Pferd etwas getaugt hätte – oder wenn Shasta gewußt hätte, wie man es anstellt, daß ein Pferd etwas taugt –, dann würde er versucht haben, einen wilden Galopp anzuschlagen und zu fliehen. Aber er wußte, daß er das Pferd nicht dazu bringen konnte zu galoppieren. Also ritt er im Schritt weiter, und der unsichtbare Begleiter ging schnaufend neben ihm her. Schließlich hielt Shasta es nicht mehr aus.

„Wer bist du?“ fragte er flüsternd.

„Einer, der lange darauf gewartet hat, daß du sprichst“, sagte der unsichtbare Begleiter. Seine Stimme war voll und tief.

„Bist du – bist du ein Riese?“ fragte Shasta.

„Man könnte mich so nennen“, sagte die volle Stimme. „Aber ich bin nicht wie die Geschöpfe, die ihr Riesen nennt.“

„Ich kann dich gar nicht sehen“, sagte Shasta, nachdem er sich sehr angestrengt hatte, etwas neben sich zu erkennen. Dann kam ihm ein noch viel schrecklicherer Gedanke, und er stieß laut hervor: „Du bist – du bist doch wohl nicht tot, oder? O bitte – bitte geh weg. Was habe ich dir denn angetan?“

Wieder spürte er den warmen Atem an der Hand und im Gesicht. „Da!“ sagte der unsichtbare Begleiter. „Dies ist nicht der Atem eines Gespensts. Sag mir, was dich bedrückt.“

Der warme Atem machte Shasta wieder ein klein wenig Mut; so erklärte er dem unsichtbaren Begleiter, daß er seinen richtigen Vater und seine richtige Mutter nie gekannt habe und wie streng ihn der Fischer erzogen hatte. Und dann erzählte er die Geschichte seiner Flucht, wie die Löwen sie gejagt hatten und wie sie um ihr Leben geschwommen waren; er sprach von all den Gefahren in Tashbaan, von der Nacht zwischen den Gräbern und von dem Heulen der Ungeheuer aus der Wüste. Er redete von der

Hitze und dem Durst auf ihrem Ritt durch die Wüste und wie sie kurz vor dem Ziel noch einmal ein Löwe verfolgt und Aravis verwundet hatte. Er klagte auch, wie lange er schon nichts mehr gegessen hatte. Doch immer wieder kam er auf die Löwen zurück.

„Findest du nicht auch, daß es schrecklich ist, so vielen Löwen zu begegnen?“ wollte Shasta wissen.

„Da war nur ein Löwe“, sagte die Stimme.

„Wie kommst du denn darauf? Ich habe dir doch gerade gesagt, daß es in dieser ersten Nacht mindestens zwei Löwen waren und …“

„Es war nur einer, aber er war sehr flink.“

„Woher weißt du das?“

„Ich war der Löwe.“ Und als Shasta nach Luft japste und nichts mehr sagte, fuhr die Stimme fort. „Ich war der Löwe, der dich zwang, dich mit Aravis zusammenzutun. Ich war die Katze, die dir bei den Stätten der Toten Trost spendete. Ich war der Löwe, der dir die Schakale vom Leib hielt, als du schliefst. Ich war der Löwe, der den Pferden in ihrem Entsetzen neue Kraft verlieh, damit ihr rechtzeitig bei König Lune ankamt. Und ich war der Löwe, der das Boot anschob, in dem du als kleines Kind und dem Tode nahe lagst, bis es am Strand ankam, wo noch um Mitternacht ein Mann wachte, um dich in Empfang zu nehmen.“

„Dann warst du es, der Aravis verwundete?“

„Ja, das war ich.“

„Aber warum nur?“

„Kind“, sagte die Stimme. „Ich erzähle dir *deine* Geschichte, nicht die *ihre*. Ich erzähle jedem nur seine eigene Geschichte.“

„Wer bist du?“ fragte Shasta. „Ich bin ich“, sagte die Stimme. Sie klang so voll und tief, daß die Erde erbebte. Und noch einmal „Ich bin ich“, laut und klar und froh. Und dann ein drittes Mal „Ich bin ich“, so leise, daß man es kaum hören konnte, und doch schien es von überallher zu kommen, so als stamme es von den raschelnden Blättern.

Shasta hatte keine Angst mehr, die Stimme könne einem Wesen gehören, das vorhatte, ihn zu verspeisen. Es war auch keine Gespensterstimme. Doch ein neues, nie gekanntes Beben überkam ihn. Aber gleichzeitig fühlte er sich glücklich.

Der schwarze Nebel wurde grau und ganz allmählich weiß. Dies mußte schon einige Zeit zuvor begonnen haben, aber solange Shasta mit dem Wesen gesprochen hatte, hatte er auf nichts anderes mehr geachtet. Jetzt begann das Weiß, das ihn umgab, zu funkeln. Er mußte blinzeln. Irgendwo vor sich hörte er Vögel singen. Endlich war die Nacht vorüber. Jetzt sah er deutlich die Mähne, die Ohren und den Kopf seines Pferdes. Von links fiel ein gelber Schimmer darauf. Das mußte wohl die Sonne sein.

Shasta wandte sich um und sah, daß neben ihm ein Löwe daherschritt, der das Pferd überragte. Das Pferd schien jedoch keine Angst vor ihm zu haben, oder vielleicht sah es ihn auch gar nicht. Es war der Löwe, der das Licht ausstrahlte. So etwas Schreckliches und gleichzeitig Schönes hat keiner je gesehen.

Glücklicherweise hatte Shasta nie die Geschichten über den entsetzlichen narnianischen Dämon in der Gestalt eines Löwen gehört, die man sich in Tashbaan erzählte. Und natürlich kannte er auch keine von den wahren Geschichten über Aslan, den großen Löwen, Sohn des Herrschers jenseits des Meeres, König über alle Könige Narnias. Doch nach einem einzigen Blick auf das Gesicht des Löwen glitt Shasta aus dem Sattel und warf sich zu seinen Füßen nieder. Er konnte nichts sagen, und er wußte auch, daß er gar nichts zu sagen brauchte.

Der König aller Könige beugte sich zu ihm herunter. Die Mähne umhüllte ihn und gab ihm ein Gefühl zeitloser Geborgenheit. Dann berührte ihn die Löwenzunge an der Stirn. Shasta hob das Gesicht und sah dem Löwen in die Augen. In diesem Augenblick trafen das fahle Licht des Nebels und das feurige Strahlen des Löwen in phantastischen Wogen aufeinander, vermengten sich und waren verschwunden. Shasta stand mit dem Pferd auf einem grasbewachsenen Hang. Über ihm wölbte sich der blaue Himmel, und die Vögel sangen.

SHASTA IN NARNIA

Ob das alles nur ein Traum war? dachte Shasta. Aber es konnte kein Traum gewesen sein, denn vor sich im Gras sah er den tiefen und riesig großen Abdruck der rechten Vordertatze des Löwen. Shasta war sprachlos. Aber es war nicht die Größe der Spur, die ihn am meisten beeindruckte. Noch während er sie betrachtete, hatte sich am Grund Wasser angesammelt. Schon bald war sie ganz angefüllt, dann lief sie über, und schon gleich darauf sprudelte ein Bächlein durch das Gras, vorbei an Shasta und hangabwärts.

Shasta beugte sich nieder und trank. Dann tauchte er das Gesicht hinein und bespritzte sich den Kopf. Das Wasser war sehr kalt, glasklar und erfrischend. Shasta stand auf, schüttelte sich das Wasser aus den Ohren, strich sich das nasse Haar aus der Stirn und sah sich um.

Es war noch immer früh am Morgen. Die Sonne war eben erst aufgegangen. Sie war hinter den Wäldern aufgetaucht, die Shasta tief unter sich zu seiner Rechten sah. Die Gegend, die ihn umgab, war völlig neuartig für ihn. Da erstreckte sich ein grünes Tal mit vielen Bäumen, durch die er einen Fluß schimmern sah, der sich nach Nordwesten schlängelte. Auf der anderen Seite des Tals waren hohe, felszerklüftete Berge, doch sie waren niedriger als diejenigen, die er am Tag zuvor gesehen hatte. Er überlegte, wo er wohl sein mochte. Er sah sich um und entdeckte, daß der Hang, auf dem er stand, zu einer Gruppe von wesentlich höheren Bergen gehörte.

Jetzt verstehe ich, sagte sich Shasta. Das ist die Gebirgskette, die Archenland von Narnia trennt. Gestern war ich noch auf der anderen Seite. Ich muß bei Nacht über den Paß gekommen sein. Da habe ich aber Glück gehabt! Oder vielmehr war es kein Glück – der Löwe war es. Und jetzt bin ich in Narnia.

Er drehte sich wieder um, nahm seinem Pferd Sattel und Zaumzeug ab – „obwohl du ja ein absolut unmögliches Pferd bist", sagte er. Doch das Pferd beachtete ihn gar nicht und machte sich sofort daran, Gras zu fressen. Es hielt nicht viel von Shasta.

Könnt' ich doch nur auch Gras fressen! dachte Shasta. Nach Anvard zurückzureiten hat keinen Zweck, das Schloß wird sicher belagert. Ich glaube, ich gehe ins Tal hinunter und schau mal, ob ich etwas zu essen finde.

Der Tau an seinen Füßen war unangenehm kalt, doch er ging hangabwärts, bis er an einem Wald anlangte. Dort stieß er auf einen Pfad, der zwischen die Bäume führte. Nach ein paar Minuten des Weges hörte er eine belegte und ziemlich asthmatische Stimme, die zu ihm sagte:

„Guten Morgen, Nachbar."

Shasta schaute neugierig um sich, wer da wohl gesprochen haben mochte. Schließlich entdeckte er ein kleines, stacheliges Wesen mit dunklem Gesicht, das eben unter den Bäumen hervortrat. Klein war es wirklich, aber für einen Igel – und es war tatsächlich ein Igel – war es sehr groß.

„Guten Morgen", antwortete Shasta. „Aber ich bin kein Nachbar. Ich bin nämlich fremd hier."

„So?" sagte der Igel.

„Ich bin über die Berge gekommen – von Archenland her."

„Ach so, von Archenland“, meinte der Igel. „Das ist schrecklich weit weg. Ich war noch nie dort.“

„Und eigentlich müßte ich irgend jemand Bescheid geben, daß Anvard eben zu dieser Stunde von einem Heer wilder Kalormenen angegriffen wird“, erklärte Shasta.

„Was du nicht sagst“, antwortete der Igel. „Also so was! Dabei wird gesagt, Kalormen läge Hunderte und Tausende Meilen von hier entfernt, ganz am Ende der Welt, hinter einem riesigen Sandmeer.“

„Es ist längst nicht so weit, wie du meinst“, sagte Shasta. „Findest du nicht, man müßte wegen dieses Angriffs auf Anvard etwas unternehmen? Sollte man nicht euren König unterrichten?“

„Klar, ganz bestimmt, da muß etwas getan werden“, entgegnete der Igel. „Aber ich bin gerade auf dem Weg ins Bett, um meine Tagesruhe anzutreten. Hallo, Nachbar!“

Die letzten Worte waren an ein riesiges hellbraunes Kaninchen gerichtet, dessen Kopf gerade neben dem Pfad aufgetaucht war. Der Igel erzählte dem Kaninchen, was er von Shasta erfahren hatte. Das Kaninchen war ebenfalls der Meinung, das seien ganz außergewöhnliche Neuigkeiten, und irgend jemand müsse irgend jemand anders Nachricht geben, damit irgend etwas unternommen werde.

Und so ging es weiter. Alle paar Minuten erschien ein anderes Lebewesen. Manche tauchten aus den Zweigen über Shastas Kopf auf, andere aus kleinen unterirdischen Wohnstätten zu seinen Füßen, bis schließlich fünf Kaninchen, ein Eichhörnchen, zwei Elstern, ein ziegenfüßiger Faun und eine Maus beieinanderstanden. Alle redeten durcheinander, und alle stimmten sie dem Igel zu. Denn in Wahrheit fühlten sich die kleinen Waldbewohner Narnias jetzt, im Goldenen Zeitalter, wo der Winter und die Hexe verschwunden waren und wo Peter der Prächtige in Feeneden regierte, so sicher, und sie waren so glücklich, daß sie ein wenig unvorsichtig geworden waren.

Doch bald darauf kamen zwei Wesen an, die etwas praktischer veranlagt waren. Das eine war ein Zwerg, der Duffel genannt wurde. Das andere war ein Hirsch, ein wunderschönes, königliches Wesen mit großen klaren Augen, gefleckten Flanken und mit Beinen, so dünn und so anmutig, daß sie aussahen, als könne man sie mit zwei Fingern zerbrechen.

„Allmächtiger Gott!“ brüllte der Zwerg, als er die neuesten Nachrichten erfahren hatte. „Wenn das so ist, warum stehen wir dann alle hier herum und halten Reden? Feinde in Anvard? Wir müssen sofort Nachricht nach Feeneden schicken. Das Heer muß einberufen werden. Narnia muß König Lune zu Hilfe kommen.“

„Ah!“ meinte der Igel. „Nur werdet ihr den König nicht in Feeneden vorfinden. Er ist in den Norden gezogen, um gegen die Riesen zu kämpfen. Und wo wir gerade bei den Riesen sind, da fällt mir ein ...“

„Wer überbringt die Nachricht?“ unterbrach der Zwerg. „Ist hier einer, der schneller rennen kann als ich?“

„Ja, ich“, antwortete der Hirsch. „Was soll ich ausrichten? Wie viele Kalormenen sind es?“

„Zweihundert, angeführt von Prinz Rabadash. Und ...“ Aber der Hirsch war schon unterwegs. Seine Beine schienen kaum den Boden zu berühren.

„Wo er wohl hinrennt?“ fragte ein Kaninchen. „Den König wird er in Feeneden nicht antreffen.“

„Aber Königin Lucy“, sagte Duffel. „Und außerdem – oje! Was ist denn mit dem Jungen los? Er sieht ganz grün aus! Oh, ich glaube, er bricht gleich zusammen. Vielleicht hat er Hunger. Wann hast du das letzte Mal gegessen, Junge?“

„Gestern früh“, antwortete Shasta mit schwacher Stimme.

„Dann komm, rasch“, sagte der Zwerg und legte seine dicken Ärmchen um Shastas Taille, um ihn zu stützen. „Wir sollten uns alle schämen, Nachbarn! Du kommst mit mir, Bursche. Frühstücken! Das ist besser für dich als dieses Gerede.“

Geschäftig führte der Zwerg Shasta bergab und weiter in den Wald hinein. Der Marsch war länger, als es Shasta im Augenblick lieb war, und seine Beine waren ganz zittrig, als sie schließlich aus dem Wald und auf einen freien Hang hinaustraten. Dort stand ein kleines Haus mit rauchendem Kamin und offener Tür. An der Tür angekommen, rief Duffel: „Hallo, Brüder! Ein Gast zum Frühstück!“

Ein Zischen drang an Shastas Ohr und ein überaus köstlicher Duft in seine Nase. Ein Duft, wie er ihn nie zuvor gerochen hatte. Es war der Duft nach in der Pfanne brutzelndem Speck mit Eiern und Pilzen.

„Paß auf, dein Kopf!“ sagte Duffel; eine Sekunde zu spät, denn Shasta hatte sich soeben an dem niedrigen Türbalken den Kopf angestoßen. „So“, fuhr der Zwerg fort, „setz dich. Der Tisch ist ein wenig zu niedrig für dich, aber der Stuhl ist ja auch niedrig. So ist's recht. Und da ist Hafergrütze – hier ist ein Krug mit Sahne – und da ist ein Löffel.“

Als Shasta seinen Haferbrei aufgegessen hatte, stellten die beiden Brüder des Zwergs – sie hießen Rogin und Daumendünn – die Speckeier mit den Pilzen auf den Tisch. Außerdem brachten sie noch heißen Kaffee, heiße Milch und geröstetes Brot.

Für Shasta waren dies ganz ungewohnte Köstlichkeiten. Auch das Haus unterschied sich gründlich sowohl von der dunklen, muffigen, nach Fisch stinkenden Hütte Arashins als auch von den mit Teppichen ausgelegten Säulenhallen in Tashbaan. Die Decke hier im Zwergenhäuschen war sehr niedrig, alles war aus Holz gemacht. Da gab es eine

Kuckucksuhr, ein rot-weiß kariertes Tischtuch, einen Strauß mit Wiesenblumen, und vor den Fenstern mit den dicken Glasscheiben hingen kleine weiße Vorhänge.

Es war sehr umständlich, Zwergentassen, Zwergenteller, Zwergenmesser und Zwergengabeln zu benutzen, denn so konnte Shasta nur in winzigen Portionen essen. Aber immerhin gaben ihm die Zwerge unzählig viele dieser winzigen Portionen. Seine Tasse und sein Teller wurden alle paar Sekunden neu gefüllt, und auch die Zwerge mampften munter in sich hinein. Und als sie schließlich alle soviel gegessen hatten, wie sie nur schaffen konnten, losten die Zwerge aus, wer den Abwasch erledigen mußte. Rogin war der Pechvogel. Nun brachten Duffel und Daumendünn Shasta nach draußen zu einer Bank, die an der Hauswand entlangführte, und alle streckten die Beine aus und seufzten zufrieden. Die beiden Zwerge brannten sich ihre Pfeifen an. Der Tau war inzwischen verdunstet, und die Sonne strahlte vom Himmel.

„So, Fremder", sagte Duffel. „Jetzt erkläre ich dir erst einmal die Gegend. Von hier aus kannst du fast ganz Südnarnia sehen, und wir sind sehr stolz auf unsere Aussicht. Gleich da drüben zu unserer Linken, hinter den nahen Hügeln, siehst du die westlichen Berge. Und der runde Hügel da drüben zu deiner Rechten wird der Steintischhügel genannt. Gleich dahinter ..."

Aber da wurde er von Shastas Schnarchen unterbrochen, der jetzt, nach seinem nächtlichen Ritt und dem ausgezeichneten Frühstück, fest eingeschlafen war.

Er verschlief fast den ganzen Tag, doch gerade rechtzeitig zum Abendessen wachte er wieder auf. Die Betten im Haus waren zu klein für ihn, aber die Zwerge richteten ihm auf dem Fußboden ein schönes Lager aus Heidekraut, und so rührte er sich die ganze Nacht über nicht und schlief traumlos bis zum Morgen.

Sie waren gerade mit dem Frühstück fertig, als sie von draußen einen lauten, hellen Ton hörten.

„Trompeten!" verkündeten die Zwerge, während sie mit Shasta zusammen hinausrannten.

Wieder schmetterten die Trompeten: für Shasta ein neuer, unbekannter Klang – nicht dunkel und feierlich wie die Hörner in Tashbaan, auch nicht unbeschwert und fröhlich wie das Jagdhorn König Lunes, sondern klar, durchdringend und kräftig. Der Klang erschallte aus den Wäldern im Osten, und schon bald vermischte er sich mit Hufgetrappel. Einen Augenblick später kam die Spitze des Zuges in Sicht. Voran ritt Lord Peridan auf einem Braunen. Er trug das Banner Narnias – ein roter Löwe auf grünem Grund. Shasta erkannte ihn sofort. Dahinter kamen drei Reiter, die auf zwei kräftigen Pferden und einem Pony Seite an Seite ritten. Auf den Streitrössern saßen König Edmund und eine blonde, fröhlich aussehende Dame. Sie hatte einen Helm auf, trug ein Kettenhemd, über ihrer Schulter hing ein Bogen und an ihrer Seite ein Köcher mit Pfeilen. „Das ist Königin Lucy", flüsterte Duffel. Auf dem Pony saß Corin. Dahinter kamen die anderen: Männer auf gewöhnlichen Pferden, Männer auf sprechenden Pferden – bei besonderen Gelegenheiten macht es ihnen nichts aus, einen Reiter zu tragen –, Zentauren, grimmig aussehende Bären und riesige sprechende Hunde. Ganz am Schluß kamen noch sechs Riesen – freundliche narnianische Riesen. Trotzdem wagte Shasta zuerst kaum, sie anzusehen; es gibt Dinge, an die man sich erst nach und nach gewöhnen muß.

Als der König und die Königin bei der Hütte ankamen, wo die Zwerge sich tief vor ihnen verbeugten, rief König Edmund: „So, Freunde! Es ist Zeit für eine kleine Rast und eine Stärkung!" Das ließ sich niemand zweimal sagen. Alle stiegen vom Pferd, machten es sich bequem und öffneten ihre Rucksäcke.

Corin kam angerannt, ergriff Shasta an beiden Händen und rief: „Was! *Du* bist auch hier? Du hast es also geschafft? Das freut mich aber! Jetzt werden wir Spaß miteinander haben! Stell dir vor: Wir sind erst gestern morgen im Hafen von Feeneden eingelaufen, und der erste, den wir trafen, war Samtauge, der Hirsch. Er berichtete, Anvard sei angegriffen worden. Meinst du nicht …"

„Wer ist dieser Freund von dir, Hoheit?" fragte König Edmund, der eben vom Pferd gestiegen war.

„Seht Ihr das nicht, hoher Herr?" fragte Corin. „Es ist mein Doppelgänger, der Junge, den Ihr in Tashbaan mit mir verwechselt habt."

„Tatsächlich! Er ist ein Doppelgänger von dir!" rief Königin Lucy. „Ihr seht euch so ähnlich, als wäret ihr Zwillinge. Phantastisch!"

„Bitte, Eure Majestät", sagte Shasta zu König Edmund. „Ich war kein Verräter, wirklich nicht. Ich konnte nichts dafür, daß ich Eure Pläne mit anhören mußte. Aber mir wäre nie in den Sinn gekommen, sie Euren Feinden zu verraten."

„Ich weiß jetzt, daß du kein Verräter warst, Junge", sagte König Edmund. Er legte die Hand auf seinen Kopf. „Aber wenn du nicht willst, daß man dich für einen Verräter hält, dann solltest du nächstes Mal versuchen, keine solchen Dinge mit anzuhören, die für anderer Leute Ohren bestimmt sind. Aber nun ist alles gut."

In dem ganzen Trubel, dem Gerede und dem ständigen Kommen und Gehen, verlor Shasta Corin, Edmund und Lucy minutenlang aus den Augen, bis er König Edmund mit lauter Stimme sagen hörte: „Bei der Mähne des Löwen, Prinz – das ist zuviel! Willst du denn nie Vernunft annehmen? Du bist eine größere Plage als unser ganzes Heer zusammengenommen! Ich würde lieber ein Heer von Hornissen befehligen als ausgerechnet dich!"

Was war geschehen?

Nachdem Corin mit Shasta gesprochen hatte, war ein Zwerg namens Dorneich hergekommen und hatte Corin am Ellbogen gezupft.

„Was ist los, Dorneich?“ hatte Corin gefragt.

„Königliche Hoheit“, sagte Dorneich und zog Corin etwas zur Seite. „Unser heutiger Marsch wird uns über den Paß und geradewegs zum Schloß Eures königlichen Vaters führen. Es ist möglich, daß wir noch vor morgen abend kämpfen werden.“

„Ich weiß“, entgegnete Corin. „Ist das nicht phantastisch?“

„Ob phantastisch oder nicht“, entgegnete Dorneich. „Ich habe strikte Anweisung von König Edmund, darauf zu achten, daß Eure Hoheit nicht an der Schlacht teilnimmt. Ihr dürft sie Euch ansehen, und in Anbetracht Eurer Jugend ist das schon mehr als genug.“

„Was für ein Unsinn!“ platzte Corin heraus. „Natürlich werde ich kämpfen. Königin Lucy macht ja auch bei den Bogenschützen mit.“

„Ihre Gnaden die Königin kann tun und lassen, was sie will“, entgegnete Dorneich. „Aber für Euch bin ich verantwortlich. Entweder gebt Ihr mir Euer Ehrenwort, daß Ihr neben mir herreitet – und zwar genau neben mir und nicht eine Pferdehalslänge voraus –, bis ich Euch erlaube, Euch zu entfernen. Oder aber – und dies sind die Worte Seiner Majestät – müssen wir wie zwei Gefangene mit aneinandergefesselten Handgelenken reiten.“

„Ich schlag' dich nieder, wenn du versuchst, mich zu binden“, erklärte Corin.

„Das würde ich gerne sehen“, gab der Zwerg zurück.

Das genügte für einen Jungen wie Corin. Im Nu lagen sich die beiden in den Haaren. Eigentlich waren die zwei

sich ja ebenbürtig. Corin war zwar größer und hatte längere Arme, doch der Zwerg war älter und zäher. Aber es kam gar nicht zum Zweikampf. Dorneich hatte das ausgesprochene Pech, auf einen losen Stein zu treten – und fiel platt auf den Bauch. Als er aufstehen wollte, merkte er, daß er sich den Knöchel verrenkt hatte.

„Sieh nur, was du angerichtet hast, Hoheit!" sagte König Edmund. „Ausgerechnet jetzt, kurz vor der Schlacht, hast du einen bewährten Krieger kampfunfähig gemacht."

„Ich werde seinen Platz einnehmen", entgegnete Corin.

„Pah!" sagte Edmund. „Keiner zweifelt an deinem Mut. Aber in einer Schlacht ist ein Junge wie du nur für seine eigenen Leute gefährlich."

In diesem Augenblick wurde der König gerufen, um sich um eine andere Angelegenheit zu kümmern. Corin entschuldigte sich bei dem Zwerg, dann kam er zu Shasta herübergerannt und flüsterte: „Rasch! Hier ist jetzt ein Pony, das keiner braucht, und Dorneichs Rüstung. Zieh sie an, bevor es einer merkt!"

„Aber wozu?" fragte Shasta.

„Damit wir zusammen in die Schlacht reiten können, natürlich. Willst du das denn nicht?"

„Oh – ah, ja, natürlich." Aber Shasta hatte das eigentlich nicht vorgehabt, und jetzt wurde ihm ziemlich flau in der Magengegend.

„So ist's recht", sagte Corin. „Zieh sie über den Kopf. Und jetzt den Riemen für das Schwert. Aber wir müssen ganz hinten reiten und uns mucksmäuschenstill verhalten. Wenn die Schlacht erst einmal angefangen hat, sind alle so beschäftigt, daß uns keiner mehr bemerkt."

DIE SCHLACHT IN ANVARD

Gegen elf Uhr hatte sich die ganze Kompanie wieder in Marsch gesetzt. Sie ritten nach Westen. Zu ihrer Linken lagen die Berge. Corin und Shasta ritten als Nachhut, gleich hinter den Riesen. Lucy, Edmund und Peridan waren damit beschäftigt, Schlachtpläne zu schmieden. Lucy sagte zwar einmal: „Wo ist eigentlich dieser Tunichtgut, Hoheit?" Doch Edmund entgegnete nur: „Zumindest ist er nicht vorne an der Spitze, und darüber sollten wir schon froh sein."

Shasta erzählte Corin von seinen Abenteuern. Er erklärte, daß ihm ein Pferd das Reiten beigebracht habe und daß er nicht so recht wisse, wie man die Zügel handhabt. Corin zeigte es ihm. Nebenbei erzählte er von ihrer Flucht aus Tashbaan.

„Und wo ist Königin Suse?"

„In Feeneden", antwortete Corin. „Sie ist nicht wie Lucy, die so tapfer und stark ist wie ein Mann – oder zumindest wie ein Junge. Königin Suse ist eben eine richtige Dame ..."

Der Bergpfad, den sie eingeschlagen hatten, wurde immer schmäler und der Abhang zu ihrer Rechten immer steiler. Schließlich mußten sie im Gänsemarsch am Rand des Abgrunds entlangreiten, und Shasta schüttelte es, wenn er daran dachte, daß er in der vergangenen Nacht ganz allein hier geritten war. „Aber mir drohte natürlich keine Gefahr, denn zwischen mir und dem Abgrund ging ja der Löwe." Nun schwenkte der Pfad nach links, in Richtung Süden, weg von den Felsen. Zu beiden Seiten stand jetzt dichter Wald. Es ging steil aufwärts auf den Paß zu. Wäre die Bergspitze nicht so dicht bewaldet gewesen, hätte man von dort oben eine prächtige Sicht gehabt. Aber so sah man – abgesehen von ein paar über die Baumwipfel hinausragenden Felsen und einem oder zwei hoch in den blauen Lüften schwebenden Adlern – gar nichts.

Als sie den Paß überwunden hatten und ein Stück bergab gegangen waren, kamen sie auf eine freie Anhöhe. Von hier aus sah Shasta ganz Archenland, das sich blau und dunstig unter ihm erstreckte. Er vermeinte sogar, ein klein wenig von der Wüste dahinter zu entdecken. Aber es waren nur noch zwei Stunden bis Sonnenuntergang, die tiefstehende Sonne schien Shasta direkt in die Augen, und so sah er nicht besonders gut.

Jetzt hielten alle an. Sie stellten sich in einer Reihe auf und gruppierten sich um. Eine ganze Gruppe von sehr gefährlich aussehenden, vorwiegend katzenartigen sprechenden Tieren wie Leoparden, Panther und so weiter, die Shasta bisher nicht gesehen hatte, tapste fauchend nach links und stellte sich dort auf. Die Riesen wurden nach rechts geschickt. Doch bevor sie sich an den ihnen zugewiesenen Platz stellten, nahmen sie etwas vom Rücken und setzten sich einen Augenblick lang auf die Erde. Erst jetzt sah Shasta, was sie da getragen hatten und jetzt anzogen: es waren ganz fürchterlich große, schwere und mit Eisen beschlagene Stiefel, die ihnen bis zu den Knien reichten. Nun legten sie sich ihre riesigen Knüppel über die Schultern und nahmen ihre Schlachtposition ein. Die Bogenschützen, unter ihnen Königin Lucy, stellten sich am Ende des Zuges auf. Shasta sah, wie die Königin prüfend ihren Bogen spannte, und dann machte es twing-twing, als alle die Bogensehnen ausprobierten. Jetzt stecke ich mittendrin – jetzt stecke ich wirklich und wahrhaftig mittendrin, dachte Shasta.

Aus der Ferne hörte man das Geschrei vieler Männer und ein gleichmäßiges Bumm-bumm-bumm.

„Ein Rammbock", flüsterte Corin. „Sie versuchen das Tor gewaltsam zu öffnen."

Selbst Corin sah jetzt sehr ernst aus. „Wenn König Edmund doch bloß endlich den Befehl zum Aufbruch geben wollte!" beklagte er sich. „Ich kann diese Warterei nicht vertragen. Kalt ist es auch."

Shasta nickte. Er hoffte, daß man ihm nicht ansah, welche Angst er hatte.

Endlich erklang das Trompetensignal! Alle setzten sich in Bewegung. Vor ihnen flatterte das Banner im Wind. Kurz darauf standen sie auf der Spitze einer kleinen Anhöhe, und nun hatten sie auch klare Sicht. Vor ihnen lag das kleine, mit unzähligen Türmchen geschmückte Schloß. Schloßgraben gab es bedauerlicherwese keinen, aber das Tor war geschlossen, und die Fallgitter waren heruntergelassen. Vor dem Schloß standen ungefähr fünfzig Kalormenen und bearbeiteten mit einem riesigen Baumstamm das Tor. Doch plötzlich veränderte sich das Bild. Ein Großteil der Kalormenen hatte sich zu Fuß für einen Angriff auf das Schloßtor bereitgehalten. Nun sahen sie, wie die Narnianen den Hang herunterstürmten. Es gab keinen Zweifel, daß die kalormenischen Krieger eine ausgezeichnete Ausbildung genossen, denn schon eine Sekunde später saßen viele von ihnen wieder im Sattel, wirbelten herum und stürmten den Narnianen entgegen.

Auch die Narnianen fielen in Galopp. Der Abstand zwischen den bei den Heeren verringerte sich zusehends. Schneller, schneller. Alle Schwerter waren gezückt, alle Schilde bis zur Nase hochgezogen, alle Gebete waren gesprochen, und jeder biß die Zähne zusammen. Shasta fürchtete sich schrecklich. Doch dann kam ihm plötzlich der Gedanke: Wenn ich diesmal kneife, werde ich mein ganzes Leben lang kneifen. Jetzt oder nie.

Aber als sich die beiden Linien schließlich trafen, bekam er gar nicht so recht mit, was da eigentlich geschah. Um ihn herum herrschte entsetzlicher Lärm und ein schreckliches Durcheinander. Gleich am Anfang wurde ihm das Schwert aus der Hand geschlagen. Kurz darauf verwickelten sich seine Zügel. Dann merkte er, wie er vom Pferd glitt. Plötzlich kam ein Speer geradewegs auf ihn zu, er duckte sich, fiel aus dem Sattel, schlug sich hart die Handknöchel an irgendeiner Rüstung an, und dann …

Was sich in dieser Schlacht wirklich zutrug, läßt sich am besten verfolgen, indem wir das Schlachtfeld verlassen und dorthin zurückkehren, wo der Einsiedler der Südmark mit Bree, Hwin und Aravis zusammen unter dem ausladenden Baum saß und in den glatten Teich blickte.

Immer wenn der Einsiedler wissen wollte, was jenseits der grünen Mauer seiner Einsiedelei draußen in der Welt vor sich ging, schaute er in diesen Teich. Dort konnte er wie in einem Spiegel sehen, was im weiten Umkreis und bis über die Grenzen des Landes hinaus zu Land oder zu Wasser geschah. Den ganzen Tag über hatte er sich kaum vom Teich weggerührt, nicht einmal gegessen oder getrunken hatte er, denn er wußte, welch bedeutende Dinge sich in Archenland zutrugen. Auch Aravis und die Pferde starrten ins Wasser. Sie sahen, daß es ein Zauberteich war: denn nicht der Baum und der Himmel spiegelten sich dort, sondern in seinen Tiefen waren verschwommene, bunte Gestalten zu sehen, die sich bewegten. Aravis und die Pferde sahen kein klares Bild, das sah nur der Einsiedler, und von Zeit zu Zeit schilderte er ihnen, was er da erblickte. Kurz bevor Shasta in seinen ersten Kampf ritt, begann der Einsiedler seine Schilderung.

„Ich sehe ein – zwei – drei Adler über der Schlucht beim Sturmkopf kreisen. Einer von ihnen ist der Älteste aller Adler. Er flöge nicht am Himmel, stünde nicht eine Schlacht bevor. Ich sehe ihn hin und her fliegen, manchmal blickt er nach Anvard hinunter, manchmal nach Osten über den Sturmkopf hinweg. Ah – jetzt sehe ich, was Rabadash und seine Männer den ganzen Tag über getrieben haben. Sie haben einen mächtigen Baum gefällt und behauen, und jetzt kommen sie aus dem Wald und tragen ihn als Rammbock mit sich. Sie haben aus dem Scheitern ihres Anschlags gestern abend gelernt. Rabadash wäre besser beraten, hätte er seine Männer angewiesen, Leitern zu bauen: aber das dauert länger, und er ist ungeduldig. Narr! Er hätte sofort nach dem mißlungenen ersten Angriff nach Tashbaan zurückreiten sollen, denn sein Plan war ja, schnell und überraschend anzugreifen. Jetzt bringen sie ihren Rammbock in Position. König Lunes Männer nehmen die Kalormenen von den Mauern aus unter Beschuß. Fünf Kalormenen sind gefallen, aber viel mehr werden nicht mehr zu Boden gehen, denn sie halten alle ihre Schilde über den Kopf. Rabadash erteilt Befehle. Er ist umringt von seinen treuesten Lords – wilden Tarkaanen aus den östlichen Provinzen. Ich kann ihre Gesichter sehen. Da ist Corradin von Schloß Tormunt, Azrooh und Chlamash, Ilgamuth mit der verformten Lippe und ein großer Tarkaan mit einem roten Bart …“

„Bei der Mähne des Löwen, das ist mein ehemaliger Herr, Tarkaan Anradin!“ rief Bree.

„Pssst!“ befahl Aravis.

„Jetzt setzen sie den Rammbock ein. Was für ein Lärm das wäre, wenn ich genausogut hören könnte, wie ich sehen kann! Es geht Schlag auf Schlag: das hält kein Tor lange aus.

Aber halt! Oben beim Sturmkopf hat etwas den Vögeln angst gemacht. Sie kommen in Scharen herausgeflogen. Wartet ... ich kann noch nichts sehen ... ah! Jetzt sehe ich! Der ganze Hügelkamm im Osten ist voller Reiter. Wenn nur der Wind die Standarte erfassen und sie ausbreiten wollte! Jetzt haben sie den Hügel hinter sich gelassen, wer immer es sein mag. Aha! Nun habe ich das Banner gesehen. Narnia, Narnia! Es ist der rote Löwe. Sie kommen im Galopp den Hang herunter. Ich kann König Edmund sehen. Hinten, zwischen den Bogenschützen, ist eine Frau. Oh ..."

„Was ist?" fragte Hwin atemlos.

„Alle seine Katzen kommen von links her angerannt."

„Katzen?" fragte Aravis.

„Großkatzen – Leoparden und so weiter", sagte der Einsiedler ungeduldig. „Ich sehe, ich sehe. Die Katzen bilden einen Kreis, um die reiterlosen Pferde anzugreifen. Ein guter Einfall! Die kalormenischen Pferde sind schon fast verrückt vor Angst. Jetzt haben sich die Katzen zwischen ihnen verteilt. Aber Rabadash hat die Hälfte seiner Männer neu abkommandiert. Hundert Männer sitzen im Sattel. Sie reiten den Narnianen entgegen. Jetzt liegen nur noch zehn Pferdelängen zwischen den beiden Linien. Nur noch fünf. Ich kann König Edmund und Lord Peridan sehen. Bei den Narnianen reiten zwei Kinder mit. Was mag der König wohl im Sinn haben, daß er sie in die Schlacht mitnimmt? Nur noch eine Pferdelänge – jetzt sind die beiden Kampflinien aufeinandergestoßen. Die Riesen zur Rechten leisten wahre Wunder ... aber einer ist zu Boden gegangen ... er wurde ins Auge getroffen, glaube ich. Im Zentrum herrscht ein schlimmes Durcheinander. Zur Linken kann ich mehr sehen. Da sind wieder die beiden Jungen. Beim Löwen! Der eine ist Prinz Corin. Der andere gleicht ihm aufs Haar. Es ist euer kleiner Shasta. Corin kämpft wie ein Mann. Er hat einen

Kalormenen getötet. Jetzt sehe ich ein bißchen von dem, was im Zentrum passiert. Fast wären Rabadash und Edmund aufeinandergestoßen, doch sie wurden auseinandergedrängt!"

„Was macht Shasta?" fragte Aravis.

„Oh, dieser Narr!" stöhnte der Einsiedler. „Armer, mutiger kleiner Narr. Er ist dieser Schlacht überhaupt nicht gewachsen. Er benutzt seinen Schild nicht. Von der Seite her ist er völlig ungeschützt. Er hat nicht die geringste Ahnung, was er mit seinem Schwert anfangen soll. Oh, jetzt ist es ihm wieder eingefallen. Er fuchtelt wild damit in der Gegend herum … er hat seinem Pony fast den Kopf abgeschlagen, und wenn er nicht aufpaßt, wird ihm das demnächst auch gelingen. Jetzt hat man ihm das Schwert aus der Hand geschlagen. Duck dich, du Narr – oh, er ist zu Boden gegangen."

„Ist er tot?" fragten drei atemlose Stimmen.

„Woher soll ich das wissen?" sagte der Einsiedler. „Die Katzen haben das Ihre geschafft. Alle reiterlosen Pferde sind inzwischen tot oder davongerannt: die werden den Kalormenen beim Rückzug fehlen. Jetzt wenden sich die Katzen wieder der eigentlichen Schlacht zu. Sie springen die Männer am Rammbock an. Jetzt haben die Kalormenen den Rammbock fallen gelassen. Oh, gut! Gut! Die Tore öffnen sich von innen: man will wohl einen Ausfall versuchen. Drei haben es schon geschafft. Es ist König Lune mit seinen Brüdern Dar und Darrin. Hinter ihnen kommen Tran und Shar und Cole mit seinem Bruder Colin. Jetzt sind schon zehn – zwanzig – nein, fast dreißig draußen. Die Kalormenen werden zu ihnen zurückgedrängt. König Edmund verteilt phantastische Hiebe. Unzählige Kalormenen haben ihre Waffen weggeworfen und rennen auf die Wälder zu. Diejenigen, die zurückgeblieben sind, haben einen schweren Stand. Von rechts schließen die Riesen auf – von links die Katzen – von hinten König Lune. Sie haben die Kalormenen in die Zange genommen, und diese kämpfen Rücken an Rücken. Dein Tarkaan ist zu Boden gegangen, Bree. Lune und Azrooh kämpfen Mann gegen Mann; es sieht aus, als könne der König siegen – der König hält sich gut – er hat gewonnen. Azrooh ist gefallen. König Edmund ist auch zu Boden gegangen – nein, er steht wieder. Er kämpft genau im Toreingang gegen Rabadash. Einige Kalormenen haben sich ergeben. Darrin hat Ilgamuth getötet. Ich kann nicht sehen, was mit Rabadash geschehen ist. Ich glaube, er ist tot. Er lehnt an der Schloßmauer, aber genau weiß ich es nicht. Chlamash und König Edmund kämpfen noch, aber ansonsten ist die Schlacht vorüber. Chlamash hat sich ergeben. Die Schlacht ist tatsächlich vorüber. Die Kalormenen sind geschlagen."

Als Shasta vom Pferd fiel, war er sicher, sein letztes Stündchen habe geschlagen. Nachdem etwa zehn schreckliche Minuten vergangen waren, wurde Shasta plötzlich klar, daß in seiner unmittelbaren Umgebung keine Pferde mehr herumstampften. Shasta setzte sich auf und schaute sich um. Nach allem, was er sah, konnte kein Zweifel darüber bestehen, daß die Archenländer und die Narnianen die Schlacht gewonnen hatten. Die Kalormenen, die noch am Leben waren, hatte man gefangengenommen, die Schloßtore standen weit offen, und König Lune und König Edmund schüttelten sich gerade über den Rammbock hinweg die Hände. Die Lords und die Krieger, die im Kreis um die beiden herumstanden, unterhielten sich atemlos und erregt, aber voller Freude. Plötzlich brachen alle in schallendes Gelächter aus.

Shasta tat alles weh, aber er stand auf und rannte hinüber, weil er sehen wollte, worüber sie lachten. Und da sah er etwas ungeheuer Komisches. Der unglückliche Rabadash schien an der Schloßmauer zu hängen. Er zappelte wild mit

den Beinen, die etwa zwei Fuß über der Erde hingen. Folgendes war passiert. Einer der Riesen hatte mit seinem eisenbeschlagenen Stiefel Rabadash einen Tritt versetzt. Er hatte ihn jedoch knapp verfehlt und nur mit der Stiefelspitze Rabadash Kettenhemd zerrissen. Als Rabadash später im Toreingang auf König Edmund stieß und Edmund ihn nun mehr und mehr zur Wand zurückdrängte, sprang Rabadash auf einen Steinblock, von wo er Schläge auf Edmund herunterregnen ließ. Doch als er dann feststellte, daß er in dieser Position hoch über allen anderen eine ausgezeichnete Zielscheibe für jeden Pfeil bot, der von den narnianischen Bogen abgeschossen wurde, entschloß er sich, wieder herunterzuspringen. Er setzte zum Sprung an und rief: „Der Donnerkeil Tashs fährt auf euch herab!" Aber sein aufgerissenes Kettenhemd verfing sich an einem Haken in der Mauer, der einmal dazu gedient hatte, Pferde festzubinden. An diesem Haken hing er nun wie ein Wäschestück auf der Leine, und alle lachten ihn aus.

„Laß mich herab, Edmund!" heulte Rabadash. „Laß mich herunter und kämpfe mit mir! Oder töte mich auf der Stelle, wenn du dazu zu feige bist."

„Aber gewiß doch", sagte König Edmund. Doch König Lune unterbrach ihn.

„Mit der Erlaubnis Eurer Majestät", wandte sich König Lune an Edmund, „aber das sollten wir nicht tun." Dann drehte er sich zu Rabadash und sagte: „Wenn Ihr dieses Ansinnen vor einer Woche gestellt hättet, königliche Hoheit, dann hätte es vom König bis zur kleinsten sprechenden Maus keiner abgelehnt. Aber durch Euren Angriff auf Schloß Anvard zu Friedenszeiten und ohne jegliche Herausforderung habt Ihr Euch nicht als Ritter, sondern als Verräter gezeigt, dem es eher gebührt, dem Henker überantwortet zu werden, als mit einem Ehrenmann einen Schwertkampf auszufechten. Holt ihn herunter, bindet ihn, und bringt ihn hinein, bis wir uns entschlossen haben, was wir mit ihm tun wollen."

Starke Hände entwanden Rabadash das Schwert, und dann trug man ihn ins Schloß. Er schrie, drohte, fluchte und weinte sogar.

In diesem Augenblick kam Corin angerannt, packte Shasta an der Hand und zerrte ihn zu König Lune. „Da ist er, Vater, da ist er!" rief Corin.

„Ja, und da bist endlich auch *du*!" sagte der König mit rauher Stimme. „Du hast an der Schlacht teilgenommen, ganz und gar gegen meinen Willen. Eine Tracht Prügel stünde dir besser an als ein Schwert in der Hand, ha!" Doch jeder konnte sehen – und auch Corin selbst sah es –, daß der König sehr stolz auf ihn war.

„Scheltet ihn nicht weiter, hoher Herr, seid so gut", sagte Lord Darrin. „Seine Hoheit wäre nicht Euer Sohn, hätte er nicht Euer Ungestüm geerbt. Sicher würdet Ihr Euch mehr grämen, müßtet Ihr ihn der Feigheit bezichtigen."

„Na ja, na ja", brummte der König. „Ich will es noch einmal durchgehen lassen. Und nun ..."

Was nun geschah, überraschte Shasta mehr als alles, was er bisher erlebt hatte. Der König nahm ihn fest in den Arm und küßte ihn auf beide Wangen. Dann ließ er ihn wieder los und sagte: „Stellt euch nebeneinander, ihr beiden, damit euch alle gut sehen können. Hebt den Kopf! So, meine Herrschaften, schaut euch die beiden an! Hat einer von euch noch Zweifel?"

WIE BREE EIN WEISERES PFERD WURDE

Wir müssen jetzt zu Aravis und den beiden Pferden zurückkehren. Der Einsiedler konnte ihnen berichten, daß Shasta nicht getötet und auch nicht schwer verletzt worden war, denn er sah, wie dieser aufstand und wie liebevoll ihn König Lune begrüßte. Aber da er nur sehen und nicht hören konnte, wußte er nicht, was gesprochen wurde. Deshalb lohnte es nicht, noch weiter in den Teich zu blicken, nun, da die Schlacht vorüber war.

Am nächsten Morgen – der Einsiedler war in seinem Häuschen – sprachen Aravis und die Pferde darüber, was sie nun tun wollten.

„Ich habe keine Lust, noch länger hierzubleiben“, sagte Hwin. „Der Einsiedler war sehr gut zu uns, und ich bin ihm auch gewiß sehr dankbar. Aber ich werde so fett wie ein verhätscheltes Pony, wenn ich den ganzen Tag fresse und keine Bewegung habe. Laßt uns nach Narnia aufbrechen.“

„Ach, nicht heute, meine Liebe“, erwiderte Bree. „Wir sollten nichts überstürzen. Ein andermal vielleicht, oder?“

„Wir müssen erst zu Shasta und uns von ihm verabschieden – und – und ihn um Entschuldigung bitten“, wandte Aravis ein.

„Genau!“ sagte Bree begeistert. „Genau das wollte ich auch sagen.“

„Oh, natürlich“, meinte Hwin. „Ich nehme an, er ist in Anvard. Natürlich besuchen wir ihn und verabschieden uns. Aber Anvard liegt auf dem Weg. Warum können wir denn nicht gleich aufbrechen? Ich habe gedacht, wir wollten nach Narnia, oder etwa nicht?“

„Ich glaube schon“, entgegnete Aravis. Sie machte sich langsam Gedanken darüber, was sie eigentlich vorhatte, wenn sie erst einmal dort angekommen war. Ein wenig einsam fühlte sie sich inzwischen auch.

„Natürlich, natürlich“, sagte Bree hastig. „Aber es besteht kein Grund zur Eile, wenn du weißt, was ich meine.“

„Nein, das weiß ich nicht“, sagte Hwin. „Warum willst du denn noch hierbleiben?“

„M-m-m, broo-hoo“, brummte Bree. „Na ja, verstehst du nicht, meine Liebe … es ist ein wichtiges Ereignis … wenn man in sein Heimatland zurückkehrt … wieder in die Gesellschaft eintritt … in die beste Gesellschaft. Es ist wichtig, einen guten Eindruck zu machen … und wir sehen vielleicht nicht so besonders gut aus, noch nicht, was meinst du?“

Hwin brach in Pferdegelächter aus. „Es geht um deinen Schwanz, Bree! Jetzt verstehe ich. Du willst warten, bis deine Schwanzhaare nachgewachsen sind! Dabei wissen wir nicht einmal, ob man in Narnia den Schwanz lang trägt! Also wirklich, Bree, du bist so eitel wie diese Tarkheena in Tashbaan!“

„Du bist wirklich albern, Bree“, sagte Aravis.

„Bei der Mähne des Löwen, Tarkheena, das bin ich nicht!“ wehrte sich Bree entrüstet. „Ich will lediglich mein Ansehen bewahren und auf meine Mitpferde Rücksicht nehmen, das ist alles.“

„Bree“, sagte Aravis, die sich nicht so übermäßig dafür interessierte, wie Brees Schwanz aussah. „Ich wollte dich schon lange etwas fragen. Warum sagst du immerzu ‚Beim

Löwen‘ und ‚Bei der Mähne des Löwen‘? Ich dachte, du haßt Löwen.“

„Das tue ich auch“, antwortete Bree. „Aber wenn ich von *dem* Löwen spreche, meine ich natürlich Aslan, den Erretter Narnias, der die Hexe und den Winter vertrieben hat. Alle Narnianen benutzen diese Aussprüche.“

„Aber ist er denn ein Löwe?“

„Nein, nein, natürlich nicht!“ protestierte Bree entsetzt.

„Aber wenn er kein Löwe ist, warum nennt ihr ihn dann so?“

„Na ja, das verstehst du in deinem Alter noch nicht“, sagte Bree. „Und ich war noch ein kleines Fohlen, als ich Narnia verließ, und deshalb verstehe ich es selbst nicht so recht.“

Bree stand mit dem Rücken zu der grünen Mauer, und die beiden anderen standen ihm gegenüber. Er klang recht überheblich, wie er dies sagte. Die Augen hielt er halb geschlossen; deshalb sah er nicht, wie sich der Gesichtsausdruck von Hwin und Aravis veränderte. Sie hatten guten Grund, Mund und Augen aufzureißen; denn während Bree sprach, sahen sie, wie ein riesengroßer Löwe von draußen auf die Mauer sprang und einen Augenblick lang dort stehenblieb. Das Gelb seines Felles war heller, und er war größer und schöner und furchterregender als jeder Löwe, den sie jemals gesehen hatten. Im nächsten Moment sprang er von der Mauer herunter und kam lautlos von hinten auf Bree zu. Auch Hwin und Aravis gaben keinen Laut von sich, als wären sie zu Stein erstarrt.

Bree fuhr fort: „Wenn ihn die Narnianen als Löwen bezeichnen, dann meinen sie zweifellos damit, daß er so stark ist wie ein Löwe und genauso wild – aber natürlich nur zu unseren Feinden. Oder so etwas Ähnliches. Sogar ein kleines Mädchen wie du, Aravis, müßte wissen, daß es ganz und gar absurd ist anzunehmen, er sei ein *richtiger* Löwe. Ja, respektlos wäre es. Wenn er ein Löwe wäre, dann wäre er ja ein Tier, genau wie wir. Meine Güte!" Jetzt begann Bree zu lachen. „Wäre er ein Löwe, so hätte er vier Tatzen, einen Schwanz und einen *Schnurrbart*! ... Aie, ooh, hoo-hoo! Hilfe!"

Denn gerade als er *Schnurrbart* sagte, kitzelte ihn tatsächlich ein Schnurrbarthaar Aslans am Ohr. Bree schoß wie ein Pfeil quer durch das Gelände und drehte sich erst auf der anderen Seite wieder um; über die Mauer konnte er nicht springen, sie war zu hoch, und weiterrennen konnte er auch nicht. Aravis und Hwin schraken zurück. Eine Sekunde lang herrschte absolute Stille.

Dann stieß Hwin, die am ganzen Leib zitterte, ein eigenartiges Wiehern aus und trottete zu dem Löwen hinüber.

„Bitte", sagte sie. „Du bist so wunderschön. Du kannst mich fressen, wenn du willst. Lieber will ich mich von dir fressen lassen, als von irgendeinem anderen gefüttert zu werden."

„Liebste Tochter", sagte Aslan und pflanzte einen Löwenkuß auf ihre zuckende Samtnase. „Ich wußte, du würdest nicht zögern, zu mir zu kommen. Freude sei mit dir."

Dann hob er den Kopf und sprach lauter.

„Nun, Bree", sagte er. „Komm näher, du armes, stolzes, verängstigtes Pferd. Noch näher, mein Sohn. Wage nicht, es nicht zu wagen. Berühre mich. Beschnuppere mich. Hier sind meine Tatzen und mein Schwanz, und da sind meine Schnurrbarthaare. Ich bin wirklich ein Tier."

„Aslan", sagte Bree mit versagender Stimme. „Ich fürchte, ich bin ein rechter Narr."

„Glücklich ist das Pferd, dem dies klar wird, solange es noch jung ist. Das gleiche gilt für den Menschen. Komm näher, Aravis, meine Tochter. Siehst du! Meine Tatzen sind samtig. Diesmal werde ich dich nicht kratzen."

„Diesmal, mein Herr?“ fragte Aravis.

„Ich war es, der dich verwundet hat“, erklärte Aslan. „Ich bin der einzige Löwe, den ihr auf eurer Reise getroffen habt. Weißt du, warum ich dich kratzte?“

„Nein, Herr.“

„Die Kratzer auf deinem Rücken, jeder einzelne von ihnen, jede Träne, jeder Schmerz, jedes Blutströpfchen entsprechen den Striemen auf dem Rücken der Sklavin deiner Stiefmutter. Denn sie wurde dafür, daß du sie in Schlaf versetzt hast, ausgepeitscht. Du mußtest erfahren, wie sich das anfühlt.“

„Ja, Herr. Bitte …“

„Fahre fort, meine Liebe“, sagte Aslan.

„Wird sie noch weiter für meine Taten büßen müssen?“

„Kind“, mahnte der Löwe. „Ich erzähle dir deine Geschichte, nicht die ihre. Jeder erfährt nur seine eigene Geschichte.“ Dann schüttelte er den Kopf und sprach mit sanfterer Stimme weiter. „Seid fröhlich, meine Kleinen“, sagte er. „Wir werden uns bald wiedersehen. Aber zuvor wird noch ein anderer Besucher kommen.“ Damit sprang er mit einem Satz auf die Mauer und verschwand.

Seltsamerweise hatten sie nicht das Bedürfnis, sich über ihn zu unterhalten, nachdem er weg war. Langsam und still verteilten sie sich auf dem Gras, gingen hin und her und dachten nach.

Etwa eine halbe Stunde später wurden die beiden Pferde hinter das Haus gerufen, wo der Einsiedler ein gutes Fressen für sie vorbereitet hatte. Aravis, die immer noch nachdachte, ließ das Schmettern einer Trompete, das vor dem Tor erklang, zusammenfahren.

„Wer ist da?“ fragte Aravis.

„Seine königliche Hoheit, Prinz Cor von Archenland“, sagte eine Stimme von draußen.

Aravis schob den Riegel zurück und öffnete das Tor. Dann trat sie zurück, um die Fremden einzulassen.

Zuerst kamen zwei Soldaten in Rüstung herein und stellten sich links und rechts vom Tor auf. Als nächstes folgten ein Herold und der Trompeter.

„Seine königliche Hoheit, Prinz Cor von Archenland, wünscht eine Audienz bei Lady Aravis", sagte der Herold. Dann traten er und der Trompeter zur Seite und verbeugten sich. Die Soldaten salutierten. Und jetzt kam der Prinz selbst herein. Seine Begleiter zogen sich zurück und schlossen hinter sich das Tor.

Der Prinz verbeugte sich. Dafür, daß er ein Prinz war, war diese Verbeugung reichlich ungeschickt. Aravis knickste und machte ihre Sache gut, denn das Knicksen hatte sie gelernt. Dann schaute sie auf und sah, was das für ein Prinz war.

Vor ihr stand ein Junge. Er war barhäuptig, und um sein blondes Haar lag ein dünner Goldreif, kaum dicker als ein Draht. Sein Waffenrock war aus weißem Batist, so hauchdünn, daß ein zweiter, leuchtendroter Waffenrock, den er darunter trug, durchschimmerte. Seine linke Hand, die auf dem emaillierten Knauf seines Schwertes ruhte, war verbunden.

Aravis schaute sich sein Gesicht zweimal an, bevor sie einen Schrei ausstieß und rief: „Ach du grüne Neune! Das ist ja Shasta!"

Shasta wurde rot bis über die Ohren und begann rasch zu reden. „Hör mal, Aravis", sagte er. „Ich hoffe, du meinst nicht, ich hätte mich so zurechtgemacht und den Trompeter und die anderen mitgebracht, um dich zu beeindrucken oder dir zu zeigen, ich sei etwas Besonderes oder so. Ich wäre viel lieber in meinen alten Kleidern gekommen, aber man hat sie inzwischen verbrannt, und mein Vater sagte ..."

„Dein Vater?“ fragte Aravis.

„Offensichtlich ist König Lune mein Vater“, erklärte Shasta. „Das hätte ich mir ja eigentlich denken können, wo Corin mir doch so ähnlich sieht. Wir sind nämlich Zwillinge. Oh, und in Wirklichkeit heiße ich nicht Shasta, sondern Cor.“

„Cor ist ein schönerer Name als Shasta“, sagte Aravis.

„In Archenland ist das nämlich so mit den Namen von Brüdern“, erklärte Shasta, oder Prinz Cor, wie wir ihn jetzt nennen müssen. „Wie Dar und Darrin, Col und Colin und so weiter.“

„Shasta – oder vielmehr Cor“, sagte Aravis. „Nein, sei still. Ich muß dir etwas sagen. Es tut mir leid, daß ich so ein Scheusal war. Aber ich habe mich geändert, noch bevor ich wußte, daß du ein Prinz bist. Ehrlich. Schon damals, als du zurückranntest, um dich dem Löwen entgegenzustellen.“

„In Wirklichkeit wollte der Löwe dich gar nicht töten“, sagte Cor.

„Ich weiß“, nickte Aravis. Beide waren einen Augenblick lang still und ernst, denn jeder sah, daß der andere wußte, was es mit Aslan auf sich hatte.

Plötzlich fiel Aravis wieder ein, daß Cors Hand verbunden war. „Oje!“ rief sie. „Ich habe ja ganz vergessen, daß du an einer Schlacht teilgenommen hast. Bist du verletzt?“

„Es ist nur ein kleiner Kratzer“, erklärte Cor. „Nicht der Rede wert. Ich habe mir nur an den Fingerknöcheln die Haut abgeschürft, wie das jedem passieren kann, der sich ungeschickt anstellt. Dafür braucht man nicht erst an einer Schlacht teilzunehmen.“

„Immerhin warst du dabei“, sagte Aravis mit ehrlicher Bewunderung. „Aber du hast mir noch gar nicht erzählt, wie König Lune gemerkt hat, wer du bist, Shas – Cor, wollte ich sagen.“

„Komm, setzen wir uns", schlug Cor vor, „denn es ist eine lange Geschichte. Übrigens ist mein Vater ganz phantastisch. Ich wäre genauso froh darüber gewesen, daß er mein Vater ist, auch wenn er kein König wäre – oder zumindest fast genauso froh. Obwohl ich jetzt natürlich eine Schulbildung und all dieses gräßliche Zeug über mich ergehen lassen muß. Aber du willst ja wissen, wie das Ganze passiert ist. Nun, Corin und ich waren Zwillinge. Ungefähr eine Woche nach unserer Geburt brachten sie uns zu einem weisen alten Zentauren in Narnia, damit er uns seinen Segen gab oder so etwas Ähnliches. Dieser Zentaur war ein Prophet, so wie viele der Zentauren. Hast du schon einmal einen Zentauren gesehen? In der Schlacht gestern waren ein paar dabei. Sie sind ausgesprochen beeindruckend, aber ich habe mich noch nicht so recht an sie gewöhnt. Ich sage dir, Aravis, in diesen nördlichen Ländern hier gibt es viele Dinge, an die man sich erst einmal gewöhnen muß."

„Ja, da hast du recht", stimmte Aravis zu. „Aber fahr mit deiner Geschichte fort."

„Nun, gleich als dieser Zentaur uns sah, da schaute er mich an und sagte: ‚Ein Tag wird kommen, an dem dieser Junge Archenland vor der tödlichsten Gefahr erretten wird, die diesem Land jemals drohte.' Darüber freuten sich mein Vater und meine Mutter natürlich gewaltig. Aber einem gewissen Lord Bar, der Vaters Kanzler war, gefiel es überhaupt nicht. Offensichtlich hatte er irgend etwas angestellt – er hatte Unterschlagungen begangen, was immer das sein mag –, und Vater hatte ihn aus seinen Diensten entlassen müssen. Später hat sich herausgestellt, daß er vom Tisroc bezahlt worden war und viele geheime Informationen nach Tashbaan geschickt hatte. Als dieser Mann also hörte, ich würde Archenland aus einer großen Gefahr erretten, da faßte er den Entschluß, man müsse mich aus dem Weg räumen. Nun, es gelang ihm, mich zu entführen, wie, weiß ich auch nicht, und er fuhr mit mir den Schlängelpfeil hinunter bis zur Küste. Er hatte alles vorbereitet, und dort lag ein Schiff vor Anker, das mit seinen Anhängern bemannt war. So stachen sie mit mir in See. Sobald mein Vater von dem Komplott erfuhr, nahm er mit einem seiner Kriegsschiffe die Verfolgung auf. Sie folgten Bars Galeere sechs Tage lang, und am siebten Tag gab es eine große Seeschlacht. Gestern abend hat man mir eine Menge darüber erzählt. Sie muß von zehn Uhr morgens bis Sonnenuntergang gedauert haben, und schließlich nahmen unsere Leute das Schiff ein. Aber ich war nicht an Bord. Lord Bar selbst wurde in der Schlacht getötet. Einer seiner Männer sagte, früh am Morgen, als Lord Bar sah, daß man ihn einholen würde, habe er mich einem seiner Ritter übergeben, der mich im Beiboot wegbrachte. Von diesem Boot hat man nie eine Spur gefunden. Natürlich war es dieses Boot, das Aslan, der hinter allen Geschichten zu stecken scheint, an den Strand schob, wo Arashin saß, um mich in Empfang zu nehmen. Ich wollte, ich wüßte den Namen dieses Ritters, denn er ist verhungert, nur um mich am Leben zu halten."

„Aslan würde vermutlich sagen, das sei nicht deine Geschichte, sondern die eines anderen", sagte Aravis. „Ich frage mich, was es mit dieser Prophezeiung auf sich hat und vor welcher großen Gefahr du Archenland retten wirst."

„Nun ja", sagte Cor verlegen, „sie glauben, ich hätte es schon getan."

Aravis klatschte in die Hände. „Aber natürlich!" sagte sie. „Eine größere Gefahr wird Archenland wohl kaum mehr drohen als Rabadash mit seinen zweihundert Männern. Und in Archenland wußte man noch nichts davon. Bist du nicht stolz?"

„Ich glaube, ich habe ein wenig Angst", sagte Cor.

„Und von nun an wirst du in Anvard wohnen", sagte Aravis wehmütig.

„Oh!" rief Cor. „Da hätte ich doch fast vergessen, warum ich gekommen bin. Vater möchte, daß du mitkommst, um bei uns zu wohnen. Bitte komm mit, Aravis. Vater wird dir gefallen – und Corin auch. Sie sind nicht wie ich; sie sind wohlerzogen. Du brauchst keine Angst zu haben ..."

„Halt den Mund!" schalt Aravis. „Sonst bekommen wir wirklich noch Streit. Natürlich komme ich mit."

„Komm, jetzt gehen wir zu den Pferden!" schlug Cor vor.

Bree und Cor freuten sich riesig über das Wiedersehen. Bree, der noch immer etwas bedrückt war, willigte ein, sofort nach Anvard aufzubrechen. Am darauffolgenden Tag wollte er dann mit Hwin zusammen nach Narnia weiterreisen. Alle vier verabschiedeten sich liebevoll von dem Einsiedler. Sie versprachen, ihn bald wieder zu besuchen. Dann machten sie sich auf den Weg. Die Pferde hatten erwartet, Aravis und Cor würden auf ihnen reiten, doch Cor erklärte, außer im Kriegsfall, wo jeder sein Bestes gäbe, ließe es sich niemand in Archenland oder Narnia träumen, ein sprechendes Pferd zu besteigen.

Das erinnerte den armen Bree wieder daran, wie wenig er über die narnianischen Gebräuche wußte und wie schrecklich er sich dort vielleicht danebenbenehmen würde. Und so wurde Bree mit jedem Schritt nervöser, während Hwin vergnügt vorwärts trabte.

„Kopf hoch, Bree", sagte Cor. „Für mich ist es viel schlimmer als für dich. Immerhin brauchst du nicht zur Schule zu gehen. Statt dessen kannst du nach Herzenslust in den Hügeln von Narnia galoppieren und dich im Gras wälzen."

„Aber das ist es ja gerade!" stöhnte Bree. „Wälzen sich die narnianischen Pferde auch? Was ist, wenn sie das nicht tun? Ich könnte es nicht ertragen, das aufgeben zu müssen. Was meinst du dazu, Hwin?“

„Also ich werde mich auf jeden Fall wälzen“, antwortete Hwin. „Ich glaube nicht, daß sich jemand darum schert, ob du dich wälzt oder nicht.“

„Sind wir schon in der Nähe von diesem Schloß?“ wollte Bree wissen.

„Es liegt hinter der nächsten Biegung“, antwortete der Prinz.

„Nun gut“, sagte Bree. „Ich werde mich jetzt noch einmal wälzen. Vielleicht ist es das letzte Mal. Wartet eine Minute.“ Es dauerte fünf Minuten, bis er sich schnaubend wieder erhob. „So, jetzt bin ich bereit. Geh voraus, Prinz Cor. Hoch lebe Narnia und der Norden.“

RABADASH DER LÄCHERLICHE

An der nächsten Biegung traten sie zwischen den Bäumen hervor. Und da, jenseits der grünen Rasenflächen, lag Schloß Anvard. Der hohe, bewaldete Kamm in seinem Rücken schützte es gegen die Nordwinde. Es war sehr alt, und es war aus Steinen in einem warmen, bräunlichen Rot gebaut.

Noch bevor sie das Tor erreicht hatten, kam ihnen König Lune entgegen. Er sah überhaupt nicht so aus, wie sich Aravis einen König vorgestellt hatte. Er trug uralte Kleider, denn er war gerade mit seinem Jäger durch die Hundezwinger gegangen und hatte sich nur die Zeit genommen, den Hundegeruch von den Händen zu waschen, bevor er Aravis zur Begrüßung die Hand schüttelte.

„Kleines Fräulein", sagte er, „wir heißen dich herzlich willkommen. Wäre meine liebe Frau noch am Leben, so fiele die Begrüßung vielleicht festlicher aus, aber sie kommt auch so aus ganzem Herzen. Es tut mir leid, daß du so viel Pech hattest und aus dem Haus deines Vaters vertrieben wurdest, was dir sicher viel Kummer bereitet. Mein Sohn Cor hat mir von euren gemeinsamen Abenteuern und von deinem Mut erzählt."

„*Er* ist es, der Mut hat, Herr", sagte Aravis. „Er hat sich ja sogar auf den Löwen gestürzt, um mich zu retten."

„Was sagst du da?" rief König Lune entzückt. „Diese Geschichte habe ich noch nicht gehört."

Aravis erzählte ihm alles, was Cor aus Bescheidenheit bisher verschwiegen hatte, und der König freute sich darüber, wie sich ein stolzer Vater nur über seinen Sohn freuen kann.

Dann wandte sich der König zu Hwin und Bree. Er behandelte auch sie mit aller Höflichkeit und stellte ihnen viele Fragen über ihre Familie und wo sie gelebt hatten, bevor sie aus Narnia entführt worden waren. Die Pferde waren sehr befangen, denn sie waren nicht daran gewöhnt, daß Menschen mit ihnen sprachen wie mit ihresgleichen.

Kurz darauf kam Königin Lucy aus dem Schloß und gesellte sich zu ihnen. König Lune sagte zu Aravis: „Meine Liebe, das ist eine Freundin unseres Hauses. Sie hat dafür gesorgt, daß deine Gemächer hergerichtet werden, besser, als ich das gekonnt hätte."

„Willst du mitkommen und sie anschauen?" fragte Lucy und gab Aravis einen Kuß. Die beiden mochten sich sofort. Sie gingen miteinander ins Schloß, als wären sie schon immer die besten Freundinnen.

Nach dem Mittagessen, das sie auf der Terrasse einnahmen – es gab kaltes Geflügel, kalte Wildbretpastete, Wein, Brot und Käse –, runzelte König Lune die Stirn, seufzte tief auf und sagte: „Ach herrje! Wir haben immer noch diesen schrecklichen Rabadash hier, und wir müssen nun einen Entschluß fassen, was wir mit ihm machen wollen."

Lucy und Aravis saßen rechts und links vom König, Dar und Peridan und Cor und Corin ihnen gegenüber. Am einen Ende des Tisches saß König Edmund, am anderen Lord Darrin.

„Wenn wir diesen Rabadash töten, kommt dies einer Kriegserklärung an den Tisroc gleich", meinte Edmund.

„Zum Teufel mit dem Tisroc", entgegnete König Lune. „Seine Stärke liegt in der Größe seiner Streitmacht. Einem großen Heer wird es jedoch nie gelingen, die Wüste zu durchqueren. Aber es liegt mir nicht, einen Menschen vorsätzlich zu töten, mag er auch ein Verräter sein. Es wäre mir eine Freude gewesen, ihm in der Schlacht die Kehle durchzuschneiden. Aber jetzt sieht die Sache anders aus.“

„Mein Vorschlag wäre, ihm noch eine Chance zu geben“, sagte Lucy. „Laßt ihn frei, wenn er verspricht, sich in Zukunft fair zu verhalten. Vielleicht hält er dann sein Wort.“

„Genausogut kann man von einem Affen verlangen, ehrlich zu werden, Schwester“, sagte Edmund. „Aber beim Löwen – wenn Rabadash sein Wort brechen sollte, dann hat er seinen Kopf verwirkt!“

„Wir werden es versuchen“, sagte der König und ließ nach dem Gefangenen schicken.

Rabadash wurde in Ketten vorgeführt. Man hätte meinen können, er habe die Nacht ohne Nahrung und ohne Wasser in einem entsetzlichen Kerker verbracht. In Wirklichkeit hatte man ihn in einem recht bequemen Zimmer eingeschlossen und ihm ein ausgezeichnetes Abendessen gebracht. Aber da er sich in seiner Wut geweigert hatte, das Essen anzurühren, und da er die ganze Nacht damit verbracht hatte herumzustampfen, zu brüllen und zu fluchen, sah er natürlich nicht besonders gut aus.

„Eure königliche Hoheit müssen wissen“, sagte König Lune, „daß wir nach dem Gesetz der Nationen sowie nach allen Regeln des gesunden Menschenverstandes ein Recht auf Euren Kopf hätten, wenn jemals ein Mensch das Recht auf den Kopf eines anderen hatte. Nichtsdestotrotz, in Anbetracht Eurer Jugend und in Anbetracht Eurer schlechten Erziehung in diesem Land der Tyrannen sind wir geneigt, Euch freizulassen, und zwar unter folgenden Bedingungen: Erstens, daß …“

„Verfluchter Barbarenhund!“ zischte Rabadash. „Meinst du, ich höre mir deine Bedingungen an? Du redest von Erziehung und all diesem Quatsch! Vor einem Mann in Ketten ist das sehr leicht! Hah! Nimm sie mir ab, gib mir ein Schwert, und dann kann jeder von euch mit mir verhandeln, der es wagt. Seht euch vor! Der Donnerkeil Tashs fährt auf euch herab!"

Einen Augenblick später fragte sich Cor, warum plötzlich alle aufgestanden waren und regungslos dastanden. Natürlich tat er es ihnen nach. Und dann sah er den Grund. Obwohl ihn keiner hatte kommen sehen, stand Aslan mitten zwischen ihnen. Rabadash fuhr zusammen, als der riesengroße Löwe zwischen ihn und seine Ankläger trat.

„Rabadash", sagte Aslan. „Sei auf der Hut! Dein Verhängnis naht, doch noch kannst du es abwenden. Vergiß deinen Stolz – welchen Grund hast du denn, stolz zu sein? – und deinen Zorn – wer hat dir denn etwas angetan? –, und nimm die Gnade dieser guten Könige an."

Da rollte Rabadash mit den Augen, verzerrte den Mund zu einem schrecklichen Grinsen, das dem eines Haifischs ähnelte, und wackelte mit den Ohren. Das kann jeder lernen, wenn er sich nur die Mühe macht, und diese Fähigkeit war für Rabadash in Kalormen immer sehr hilfreich gewesen. Selbst die Mutigsten waren erzittert, wenn er solche Gesichter schnitt. In Archenland erschreckten diese Grimassen keinen.

„Dämon!" kreischte der Prinz. „Ich erkenne dich. Du bist der üble Unhold Narnias. Du bist der Feind der Götter. Wisse denn, wer *ich* bin, schreckliches Gespenst. Ich bin der Abkömmling Tashs des Unerbittlichen und Unwiderstehlichen. Der Fluch Tashs sei über dir. Die Berge Narnias werden zu Staub zerfallen. Die ..."

„Sieh dich vor, Rabadash", sagte Aslan ruhig. „Das Verhängnis kommt immer näher: Es ist an der Tür; es hat den Riegel geöffnet."

„Mögen die Himmel herabstürzen!" kreischte Rabadash. „Möge die Erde sich öffnen. Mögen Blut und Feuer die

Welt vernichten! Seid gewiß, daß ich nicht ruhen werde, ehe ich die Barbarenkönigin am Haar in meinen Palast geschleift habe, diese Tochter von Hunden, diese …“

„Die Stunde hat geschlagen“, sagte Aslan; und Rabadash sah zu seinem Entsetzen, daß alle lachten.

Sie konnten nicht anders. Rabadash hatte die ganze Zeit über mit den Ohren gewackelt, und genau in dem Augenblick, wo Aslan sagte: „Die Stunde hat geschlagen!“, begannen sich Rabadashs Ohren zu verändern. Sie wurden länger und spitzer, und schon kurze Zeit darauf waren sie mit grauen Haaren bedeckt Und während sich alle fragten, wo sie solche Ohren schon einmal gesehen hatten, begann sich auch Rabadashs Gesicht zu verwandeln. Es wurde länger, oben wurde es breiter, die Augen wurden größer, und die Nase versank im Gesicht – oder das Gesicht schwoll an und wurde insgesamt zu einer riesigen Nase. Und überall wuchsen Haare. Seine Arme wurden länger und länger, bis seine Hände auf dem Boden ruhten: nur waren es keine Hände mehr, es waren Hufe. Er stand auf allen vieren, seine Kleider verschwanden, und alle lachten immer lauter und lauter. Sie konnten einfach nicht anders, denn Rabadash war zu einem Esel geworden. Wie schrecklich: seine menschliche Sprache blieb ihm noch einen Augenblick länger erhalten als seine menschliche Gestalt, und so schrie er, als er merkte, wie er sich verwandelte:

„Oh, ich will kein Esel sein! Gnade! Wenn es wenigstens ein Pferd wäre – wenigstens ein Pferd – ee – a – hor – eeh – auh – eeh – iah.“ Und so erstarben seine Worte und wurden zu einem Eselsgeschrei.

„Hör mir zu, Rabadash“, sagte Aslan. „Ich will Gnade vor Recht ergehen lassen. Du wirst nicht für immer ein Esel bleiben.“

Als er das hörte, legte der Esel die Ohren nach vorn – worüber die anderen wieder schrecklich lachen mußten, weil es so komisch aussah. Sie versuchten das Lachen zu unterdrücken, aber es gelang ihnen nicht.

„Du hast Tash angerufen“, sagte Aslan, „und im Tempel Tashs sollst du geheilt werden. Du mußt dich beim diesjährigen großen Herbstfest vor den Altar Tashs stellen, und dort wirst du vor den Augen aller Bewohner Tashbaans deine Eselsgestalt verlieren. Dann werden alle sehen, daß du Prinz Rabadash bist. Aber solltest du dich jemals mehr als zehn Meilen vom großen Tempel in Tashbaan entfernen, wirst du sofort wieder der Esel werden, der du jetzt bist. Und diese zweite Verwandlung wird endgültig sein.“

Ein Weilchen herrschte Schweigen, dann rührten sich alle wieder und schauten sich an, als wären sie eben aus dem Schlaf erwacht. Aslan war verschwunden. Aber in der Luft und auf dem Gras lag eine solche Helligkeit, und in ihren Herzen war eine solche Freude, daß sie wußten, daß sie nicht geträumt hatten. Und sowieso stand vor ihnen ja der Esel.

König Lune war der weichherzigste aller Männer, und als er seinen Feind nun in dieser erbärmlichen Lage sah, vergaß er seinen Zorn.

„Eure königliche Hoheit“, sagte er. „Es tut mir wirklich leid, daß es so weit kommen mußte. Eure Hoheit sind Zeuge dafür, daß dies nicht unser Tun war. Selbstverständlich wird es uns ein Vergnügen sein, Eurer Hoheit ein Schiff zur Verfügung zu stellen, das Euch nach Tashbaan zurückbringen wird, zu der – eh – Behandlung, die Aslan verordnet hat. Wir werden Euch jede Annehmlichkeit bieten, die Eure Lage gestattet: wir geben Euch unser bestes Viehboot, die frischesten Karotten und Disteln ...“

Der ohrenbetäubende Eselsschrei und ein gutgezielter Tritt nach einem der Wachtposten zeigten ganz klar, daß dieses freundliche Angebot nicht auf Dankbarkeit stieß.

Damit wir ihn loswerden, erzähle ich die Geschichte Rabadashs am besten gleich hier zu Ende. Er wurde per Schiff nach Tashbaan zurückgebracht und beim großen Herbstfest in den Tempel Tashs geführt, wo er wieder seine menschliche Gestalt annahm. Aber natürlich hatten vier- oder fünftausend Leute diese Verwandlung gesehen, und so ließ sich die ganze Sache nicht vertuschen. Und nach dem Tod des alten Tisroc wurde Rabadash der friedlichste Tisroc, den Kalormen je gekannt hatte. Denn da er es nicht wagte, sich mehr als zehn Meilen von Tashbaan zu entfernen, konnte er nie selbst in den Krieg ziehen. Und er wollte natürlich auch nicht, daß seine Tarkaanen an seiner Stelle Kriegsruhm erlangten, denn auf diese Art und Weise werden Tisrocs entthront. So waren seine Gründe zwar selbstsüchtig, trotzdem hatten die kleineren Länder rund um Kalormen dadurch ein viel ruhigeres Leben. Rabadashs eigenes Volk vergaß nie, daß er einmal ein Esel gewesen war. Während seiner Herrschaft und von Angesicht zu Angesicht nannte man ihn Rabadash den Friedfertigen, doch nach seinem Tod und hinter seinem Rücken wurde er Rabadash der Lächerliche genannt.

In Anvard waren nun alle sehr froh, daß man Rabadash los war. An diesem Abend wurde auf dem Rasen vor dem Schloß ein großes Fest abgehalten. Viele Laternen wurden angezündet, der Wein floß, Geschichten wurden erzählt und Späße gemacht. Dann trat der Poet des Königs mit zwei Fiedlern in die Mitte des Kreises. Aravis und Cor hatten Angst, es könne furchtbar langweilig werden. Aber schon beim ersten Bogenstrich schien in ihren Köpfen ein Feuerwerkskörper zu explodieren, und der Poet sang das große alte Lied vom schönen Olvin und wie er gegen den Riesen Pire kämpfte und ihn versteinerte (so entstand nämlich der Berg Pire – es war ein zweiköpfiger Riese gewesen) und wie er Lady Liln als Braut gewann. Als das Lied zu Ende war, wünschten sie sich, der Poet möge noch einmal von vorne anfangen. Bree konnte zwar nicht singen, aber er erzählte die Geschichte der Schlacht bei Zalindreh. Und Lucy erzählte noch einmal die Geschichte vom Wandschrank und wie sie mit König Edmund, Königin Suse und König Peter dem Prächtigen das erste Mal nach Narnia gekommen waren. Außer Aravis und Cor hatten alle diese Geschichte schon viele Male gehört, aber alle wollten sie noch einmal hören.

Es mußte ja so kommen – gleich darauf sagte König Lune, es sei Zeit für die Kinder, ins Bett zu gehen. „Und morgen", fügte er hinzu, „wirst du mit mir durch das Schloß gehen, Cor, und dir ansehen, in welchem Zustand es ist. Du mußt dir alle Vorzüge und Schwächen des Gebäudes einprägen, denn du wirst es hüten müssen, wenn ich einmal nicht mehr bin."

„Aber dann wird doch Corin König sein, Vater", wandte Cor ein.

„Nein, mein Junge", erwiderte König Lune. „Du bist mein Erbe. Die Krone fällt an dich."

„Aber ich will sie nicht", sagte Cor. „Ich will viel lieber …"

„Es ist nicht die Frage, was du willst oder was ich will. So bestimmt es das Gesetz."

„Aber wenn wir Zwillinge sind, dann müssen wir doch gleichaltrig sein."

„Nein", widersprach der König lachend. „Einer muß der erste sein. Du bist zwanzig Minuten älter als Corin. Und wie ich hoffe, bist du auch um einiges vernünftiger, obwohl das keine große Kunst ist." Dabei schaute er Corin vielsagend an.

„Aber Vater, könntest du nicht denjenigen von uns zum nächsten König machen, den du dir aussuchst?"

„Nein. Der König unterliegt den Gesetzen, denn die Gesetze sind es, die ihn zum König machen. Er kann die Krone genausowenig im Stich lassen wie ein Wachmann seinen Posten."

„Ach herrje", seufzte Cor. „Ich habe überhaupt keine Lust, König zu werden. Es tut mir schrecklich leid, Corin. Ich hätte mir nie träumen lassen, ich könne dir durch mein Auftauchen die Königskrone streitig machen."

„Hurra! Hurra!" rief Corin. „Ich muß kein König werden! Ich muß kein König werden! Ich werde immer der Prinz bleiben. Es sind nämlich die Prinzen, die den meisten Spaß haben."

„Und das ist wahrer, als dein Bruder ahnt, Cor", sagte König Lune. „Denn König zu sein bedeutet, bei jedem verzweifelten Angriff erster und bei jedem verzweifelten Rückzug letzter zu sein, und wenn im Lande Hunger herrscht, wie das hier und da in schlechten Jahren passiert, dann muß er sich in den schönsten Kleidern und mit dem lautesten Lachen zum armseligsten Mahl im Lande niedersetzen."

Als die beiden Jungen nach oben ins Bett gingen, fragte Cor noch einmal seinen Bruder, ob daran denn gar nichts zu ändern sei. Und Corin erwiderte: „Wenn du noch ein einziges Wort darüber verlierst, dann – dann schlag' ich dich nieder."

Es wäre ein schöner Abschluß für diese Geschichte, wenn man sagen könnte, die beiden Brüder seien von nun an nie wieder geteilter Meinung gewesen. Aber das wäre leider gelogen. Corin war und blieb sein Leben lang ein Widerspruchsgeist und Raufbold, und Cor blieb ihm nur selten die Antwort schuldig. Aber weder er noch irgendein anderer Bewohner der nördlichen Länder war Corin in einem Boxkampf gewachsen. So bekam er seinen Namen Corin Donnerfaust, und dadurch gelang ihm auch sein heldenhafter

Kampf gegen den abtrünnigen Bären vom Sturmkopf, der eigentlich ein sprechender Bär war, der aber wieder in die Gewohnheiten der wilden Bären zurückgefallen war. Corin kletterte eines Tages im Winter zu seiner Höhle auf der narnianischen Seite des Sturmkopfs hinauf, als Schnee auf den Hügeln lag. Und dann trug er mit dem Bären einen Boxkampf aus, der ohne Schiedsrichter dreiunddreißig Runden dauerte. Und am Ende konnte der Bär nicht mehr aus den Augen sehen und war gänzlich verwandelt.

Auch Aravis stritt sich oft mit Cor, und manchmal verprügelten sie sich sogar – aber sie versöhnten sich immer wieder. Jahre später, als sie erwachsen waren und sich so an die Streitereien und die Versöhnungen gewöhnt hatten, heirateten sie, damit sie sich müheloser streiten und wieder versöhnen konnten. Nach König Lunes Tod wurden sie König und Königin von Archenland, und Ram der Große, der berühmteste König von Archenland, war ihr Sohn.

Bree und Hwin lebten glücklich bis ins hohe Alter. Und fast jeden Monat kam einer von ihnen oder sogar alle beide über den Paß getrottet, um ihre Freunde in Anvard zu besuchen.

Die C. S. Lewis-Biographie

Anne Arnott
Das geheimnisvolle Land des C. S. Lewis
Eine Biographie
Paperback.
144 Seiten.
ISBN 3-87067-722-8

Er verfaßte Dienstanweisungen für Unterteufel, entdeckte das Land Narnia, reiste zum fernen Planeten Perelandra und war zugleich einer der brillantesten und schlagfertigsten Verteidiger des christlichen Glaubens: C. S. Lewis.

In diesem farbigen Lebensbild entdeckt man immer wieder neue Facetten seiner interessanten Persönlichkeit und lernt den klaren Denker und phantastischen Literaten auf eine ganz intime und unterhaltsame Art und Weise kennen.

Brendow
Buch · Kunst · Verlag